PAPILLON DE VERRE

T0079823

RAPHAËLLE MILONE

PAPILLON
DE VERRE

DIAPHANES

À tou.te.s les pirates

« *Ma débile mentale – perdue en son exil –*
physique et cérébral. »
Gainsbourg

« *Exercice ingrat : la fidélité.* »
Lacoue-Labarthe

« *Notre agonie est notre triomphe.* »
Sacco et Vanzetti

« *La folie, c'est l'absence d'œuvre.* »
Foucault

La lumière est traumatique. Tout est confus. Tout retombe. Tu es à bout, de forces et de mots. Tu essayes, péniblement, de recouvrer tes esprits. Ces tentatives t'exténuent. Une foudre des tréfonds t'a atteinte. Elle t'a disloquée. Ton système nerveux : un marécage vertébral. Tu n'articules plus. Tu n'arrives plus à marcher. Tu es incapable de te tenir droite. Tes muscles meurtris. Ta bouche hagarde. Tes tempes blanchies. Tu ne peux même pas tenir un stylo. Depuis quarante-huit heures, tu as trop parlé, trop pleuré, trop convulsé, trop bu. Tu as trop œuvré. Tombée dans tes propres abîmes, tu t'es trop révélée. Affrontement perséphonesque ; épreuve épuisante ; la tragédie exténue. Tu ne peux pas penser. Tu ne peux pas écrire. Tu ne peux rien voir. Tu rien. Il va pourtant falloir, et le plus justement possible. Tu dois raconter. Assassiner la pureté de l'horreur. Transformer la blancheur de l'effroi. La déchirer, la plier, la teindre. Colorer le néant, c'est là ta volonté. Noircir la vierge pour la couleur. Quartz rose, lapis-lazuli. Relater ; revivre ; revoir, pour survivre puis, peut-être, surexister – tu voudrais être de nouveau apte au péché. Tu n'as jamais été si proche de l'immatérialité. Le vide est sensible. Tu incarnes ses nuées.

Tu as encore frôlé les enfers. Enfers qui sont les tiens, que tu refuses de reconnaître. Leur faute est la tienne. Il n'est d'universel que la damnation. Tu ne peux leur pardonner ce que tu ne te pardonnes à toi-même. Que dis-tu ? Tu cherches à comprendre. Tu as été profanée. Ta dignité, ton honneur ont été violés. *Il t'a violée.* Broyée, tu te croyais infracassable. Tu te mentais. Ton corps te fait souffrir. Il te dit qu'on l'a roué de coups. Tabassée.

Encore une fois. Mais un passage à tabac mental sans précédent. Une souffrance sans équivalent. Tu as rencontré l'inimaginable ; une tristesse aveuglante t'a fendue. Cette Joconde c'est la perte. Tu l'as entrevue, la perte du possible. La finitude de ta raison de vivre. La Joie crevée. Et ta candeur, ta chaleur, foutues pour de bon.

« *La violence est ce qui ne parle pas.* » Il faut la dire, ou du moins, puisque c'est impossible, l'évoquer. La musique de la parole est la seule catharsis dont tu aies jamais fait l'*expérience durable*. Infinitise. Referme ta syncope. Tisse-toi une étoffe à partir des fibres du chaos, brocarde-la de douleur. Interroge. Il faut toujours se refaire. Il faut toujours *tout* refaire. Tout revoir, à nouveaux frais. L'unique programme qui vaille. *Cicatriser, c'est-à-dire comprendre, conserver.* Respecter. Ceux qui se régénèrent sont des lâches. (Cicatrisme.) Rendre hommage à l'inacceptable. Formuler l'intolérable. Voilà le courage de la vérité : la reconnaissance sévère de l'atroce. La seule authentique voie d'accès.

Tu avais offert ton existence à un non-vivant. Cela te rassurait presque. Cela te le rendait immortel. C'était un des derniers grands témoins de l'inadmissible. L'un des derniers guerriers à ne pas céder aux « *stratégies effroyables* ». Mais un guerrier désespéré. Fourbu.

Maudit ?

On ne peut se mettre à la place de personne, pourtant l'empathie existe. Ce paradoxe te lancine. L'angoisse te lancine. L'amour te lancine. Tu te reconnaissais, dans sa misère aristocratique ; son intuition, son intelligence dialectique, sa sensibilité, *instinctivement virtuoses* ; ses contradictions télescopées ; son audace rimbaldienne ; son adhérence sanguine à la vérité ; son aversion pour l'hypocrisie ; son don pour l'expérimentation ; son enfance intacte ; et, bien sûr, cette fureur, ce *refus maximal des contraintes tragiques*, ce dégout amoureux de l'humanité, adolescence antédiluvienne, pensée sauvage, se destitue et s'affirme, souveraine, dans un même éclat de rire. Forces qu'il ne pouvait que retourner contre lui-même, en fin de compte – comme toi. Deux stéréotypes extraordinaires ; paire d'anomalies innommables ; incongrus inséparables ; phares intriqués. Certains vous voulaient morts. Vous vous étiez rencontrés dans le sas de vos ambigüités. Tu étais alors maladive. Tu te croyais seule. Condamnée, rien ne serait pour toi. Tu t'étais jamais vu de mains, avant de voir les siennes. Rencontre cruciale, tu n'avais jamais cru au destin, puisque tu n'en avais jamais vu le moindre signe. Seulement, peut-être, à quelques occasions manquées.

Manquer, tu n'avais jamais su faire que ça. Tu commençais à t'y faire. Ça allait de soi. Et puis tu l'avais rencontré. Il t'avait dit alors : « on devrait te remercier d'exister ». Reconnaissance : axiome de gaieté. Tu pourrais être guérie, enlevée, mais ton antidote t'était interdit, et tu le savais, et tu y avais renoncé. Tu avais déjà tout vu. Intuition féminine. Quelque chose de rare pourrait naître de vos pouvoirs respectifs. Toi qui te méfies de la grandeur ; tu la désirais, pour toi, avec lui, pour la première fois. Ça en valait la peine. Le risque devait être pris. Tu te voulais enfin *maximale*. Et pourtant, il fallait que tu te résignes, il te l'avait bien fait comprendre. Il jouait déjà avec toi. Il te ferait attendre. Le moment était mal choisi. Il l'avait dit à quelqu'un : pour t'avoir, il n'aurait qu'à claquer des doigts. Claquement mathématique, mais que tu n'aurais jamais cru voir se produire.

Tu l'avais attendu longtemps ; tu aurais passé ta vie à l'attendre, même si ta fierté le niait. Ici, quelque génie te dépasse.

Puis un jour, il était là, et tu étais là ; un matin comme dans *L'attente l'oubli*. Vous voici un jour, sans le savoir tout à fait, sur le moment. C'était inévitable. Tu ne pourrais plus te sentir vivre sans cette extase et lui non plus. Sans cette souffrance, ta souffrance, redoublée, astrale. Ta souffrance sublimée. Rien ne t'avait jamais animée à ce point.

Il te devinait mieux que personne. Il était plus proche de l'animal que de l'humain, et tu l'admirais aussi pour ça. Mi-homme, mi-bête, animal fantastique. Pur esprit d'une fureur intemporelle. Ton complice. Tu t'es toujours reconnue dans le souffle des monstres. Ta propre odeur se mire dans leurs flammèches ; elle se pâme devant leurs haleines. Tu ne l'avais pas vraiment choisi, mais ce serait ça, ta vie : de tout temps fidèle aux fantasmes des tailleurs de diagonales, dans chaque inconnue qu'ils feraient apparaître, parce que *tu* les verrais. (Les voir et puis les dire, ces inconnues, voilà la seule mission que tu te connaisses, la seule discipline à laquelle tu aies jamais été apte.) Tu traverserais les dangers encourus avec les yeux grands ouverts ; obliques impérieuses.

Tu étais tombée amoureuse de ses visions, puis tu étais tombée amoureuse de lui. Ou était-ce en même temps ? Ou était-ce l'inverse ? Les visions ou l'homme ? L'homme ou les visions ? Tu ne sais plus. Amoureuse transie. Il était ton frère et ta sœur, ton homme et ta femme. Hors de tout soupçon. Le corps de ta volonté. Ton semblable impossible. À ce non-vivant, tu avais donné ta confiance : une confiance inespérée. C'était un mystère et une évidence. Démesure. Ça ne pouvait pas bien finir, mais ça ne pouvait que bien se passer. Il était tout ce dont tu te souviendrais, à la fin. Tout ce pourquoi tu serais reconnaissante. Tu le savais.

Vous ne saviez pas comment survivre.

Tu as écrit, quelque part, que le suicide vivant était selon toi le seul savoir-vivre, ou l'art de vivre par excellence. Tu es une idiote et tu le sais. Ce savoir t'empêche t'avancer. Depuis des années, tu erres sur cette brèche. Tu écris ta lisière secrète. Ton trait d'union paradoxal. Tu es une femme perdue. Tu es comme toutes les femmes : si vulnérable qu'aucun asservissement ne peut t'atteindre. La défensive est une troisième nature.

Tu n'as jamais pu supporter les limites – tes prétentions et ton ignorance – ogresse ; il faut toujours que tu les déjoues, à qui pire pire. Il faut toujours que tu épuises tout, sans jamais y parvenir. Le rouleau compresseur des dualismes ; ta fatigue dialectique. Tes limites propres remuent dans leurs courants dangereux. Limites physiques et familières, tantôt sublimes, tantôt terrifiantes, que tu ne peux oublier : tu en portes la trace entre la chair de tes deux yeux. Ton désir-cicatrice. Brûlée vive ; obsessionnelle, aventurière du sens, il t'arrive de te perdre, le long de précipices insoutenables. Ton thème, ses variations : fugues ; intensités hybrides ; par delà la folie et la raison, parfois des merveilles. Regarde.

La transgression, l'originalité – quoi de plus banal. Comme disait l'autre tête d'œuf en col roulé lycra blanc : « la marge est un mythe ». Et pour nous *tout est mythe, sauf la souffrance.* Tu n'en es pas tellement sûre (à l'heure où tu écris ceci, tu n'es plus sûre de rien), mais tu as compris que tu *devais* le soutenir, *et le démontrer.* La limite est la seule chose qui nous reste. La seule affaire sérieuse. La limite est notre seule chance de survie. La garantie de tout idéal libertaire. Et l'horizon impossible de la crasse humaniste. Le paradoxe utopiste, bla, bla, bla. Ping-pong tragique. Que dis-tu ? Tu te sais pétrie de crimes. Chien grec. Tu rases les murs. Tu contemples avec un dégout fasciné les excès, l'insignifiance, les dédales de ta coquetterie. Ton orgueil, ton honneur n'ont d'égale que ton hypocrisie. Ta superbe est ton aboulie. Ton impuissance te lamine. Et tu te hais avec adoration. Lisière zéro. *Lisière errata.* Ça viendra, à condition que tu ne vives pas trop fort. De sorte qu'il va falloir se montrer consciencieuse. Souviens-toi de ton futur. Prends ton temps et tisse. Que dis-tu ? *Il* t'a détournée de ton grand mutisme immobile. Détournée de ta clandestinité. Peut-être pas définitivement. Peut-être que si. Mais pas totalement. Tu as la clandestinité dans le sang.

Tu te sais vaincue d'avance. Tu manques d'assurance. Tu ne sais faire que rater. Mais ce n'est plus de cela qu'il s'agit ici. De l'angoisse de l'écriture à l'écriture de l'angoisse. Voilà où tu en es, ce soir. Abasourdie, quelque chose panse le choc à ta place.

Il te l'avait dit, un jour, il y a longtemps déjà : « rien d'important ne se crée sans angoisse. »

Le moment était venu pour toi d'en faire l'expérience. L'important est de se remémorer, de comprendre.

On ne plaisante pas avec la mort. Ça n'a l'air de rien, dit comme ça, qu'une évidence, un truisme, mais : on ne joue pas avec elle, on ne peut qu'*être joué* par elle. Tu l'as appris à tes dépens. La mort et l'effroi dépassent l'esthétique, contrairement à ce que tu croyais jusqu'alors. Jusqu'à ce que celle-ci prenne sa revanche. La littérature assassinera la psychanalyse. Sans parler de la mort.

Mais tu es aujourd'hui abandonnée par tes fantasmes. Et tu ne vois plus rien. Tu pars dans tous les sens. Ta langue est un caméléon, muscle-gyrophare, arc-en-ciel, un spectre ta langue jaune, verte, bleue, orange, grenat, pourpre, violâtre ; noire. Ta langue est noire. Regarde.

Tes phrases n'en sont pas, leur signification déserte. Tu les refuses encore ; elles se refusent à toi ; tu ne les dis pas, tu les effleures. Tu n'en as que le sens, trompeur. Tu es si fatiguée. Tu n'en maîtrises ni la diction ni l'intelligibilité ; mais tu sens le vent. Ici, tout n'est que tentative, processus, reconstruction poussive. Falsification meilleure de la falsification pire. Perspective de neutralité vomitive. Justesse épuisante. Face à face mortifiant. Honte glorieuse de celui qui se relève. Tu apprends à marcher. Que personne ne lise. N'aie crainte : personne ne saura. Le verbe comprendre est une infamie. Tout ce qu'on peut dire, c'est que ce n'est jamais ça. Tout le monde le sait et tout le monde le nie ; c'est ça, le réel : l'anti-savoir. Nulle identité. Nul dehors. Le chaos est factice. Identité, dehors, chaos, tout ça, c'est du chiqué. Mais un certain présent est là, en puissance ; tu *dois* le défaire de l'inaperçu. La maîtrise de l'affect instantané. *Poléthique*. Le non-résolu qui agonise aux frontières. C'est ça, ton Dieu. Temps et espace ; le mystère confiné dans le présent est l'unique espoir. La fascination, l'inadmissible. La créaction. Valse critique. Présence réelle que tu contemples, du mieux que tu peux. Désenvoûtement. L'histoire est une lamentation totale. Que dis-tu ? Tu ne sais pas ce que tu tentes en ce moment. Qu'est-ce que ces dix pages ? Essayes-tu de te donner du courage ? C'est vain. La lutte est aveugle à elle-même, elle paye comptant. La coïncidence sacrifiée. Tu as tout perdu ce soir ; ce n'est pas toi, c'est ta faiblesse qui s'exprime. Hérisse tes globules asthéniques. Chagrin-colère, flambe ton tonnerre syncrétique.

Ne reste que la tentative de survie. Ne reste que le verbe à venir.

Il t'avait révélé les puissances de la plus belle des illusions, celle dont l'implacabilité rend fou. L'espoir c'était vous. Tu le répètes ; tu ne peux *que* le répéter. Il t'avait transformée. Tu n'avais jamais été plus belle que pour lui ; pour ton rêve. Et c'était bien plus et bien moins que ça. Amour impossible. Griserie magnifique. Catastrophe. Tu claudiques. Il titube. Confusion. Réalité. Désir. Cruauté. Jeu sacré. Rituel pour Sisyphes tarés. Amour tragique. Te voilà dans de beaux draps. Tentatives. Art. Le spectre précède la lumière blanche. La justice que votre histoire pouvait et devait rendre, écrire ; comme ça avait de l'allure ; mais combien fébrile, fugitive. Grande et fragile envergure. Comme vos esprits corporels. Comme vos manières d'être. Courage et lâcheté. Rage luxueuse et désœuvrement. Passion et calme entrelacés. « Feu sous la glace », disait-il souvent en parlant de toi – c'est-à-dire aussi de lui. Tu n'avais jamais eu foi en l'amour vivable. Tu ne pouvais plus ne pas croire en Dieu.

Les événements qui se sont tout juste produits, les pensées que ton cerveau a fomentées dans l'angoisse – que tu veux raconter, mais tu vois déjà que tu ergotes pour éviter ce récit dont tu crains le prix, et ce vers quoi il t'emmène, des mots qui cherchent la vérité introuvable – t'ont fait envisager un insurmontable deuil de l'anté-Dieu. Il ne viendrait plus. Tu n'y croyais plus.

Que vaut le pardon toujours-déjà présent, *actuel,* si tu ne te pardonnes, si tu ne les pardonnes toi-même ? Tu dois soigner cette aporie incurable.

Tu ne dois pas essayer d'écrire. Tu ne sais pas faire. Ni de penser. Tu sais encore moins. Ni même raconter. Contente-toi de rapporter. Tente de revenir. Tu es traumatisée. C'est physique. Tu peux à peine respirer. Tu es prostrée. Comment peux-tu faire ce que tu fais, maintenant ? Ton esprit est paralysé par la neige. Tu finasseras plus tard, quand tu pourras. Maintenant, tu t'en sais incapable. Une seule question : comment t'es-tu retrouvée dans un tel état ? Que s'est-il passé pour que tu vrilles à ce point ? Tu es folle, de taper sur ce clavier, de te soustraire à l'expérience immédiate. Tu devrais plutôt ceci, te reposer, cela, voir tes amis. Mais folle écrire. Comme ça s'entend.

Tu le hais, ce non-vivant, de t'avoir prise en otage ; de t'avoir enlevée. Il a généré des fils ignobles de délirium, pour t'enfermer, toi, et tous ceux qui l'aiment. Tu le hais de t'avoir faite ployer sous *sa* représentation. Négative. Son autorité, son verbe étoilé, c'est sa puissance. Son intelligence fascine. Il le sait, il en jouit. Il est le seul à te tenir en respect. Il te connait, il est le seul à te connaître, cela aussi il le sait. C'est avec ça qu'il te tient. Il en joue. Il en abuse. Le seul à savoir te faire rire comme tu sais rire, tout entière, explosions, photographie des gouffres, pleine vie. Le seul à savoir te surprendre. À savoir te faire peur, avec *ta peur* : ce traumatisme qui ne se conjugue qu'au futur. Mais encore le vrai rire, jusqu'à la fin, avec lui. Il te donne le rire nu. Le seul à savoir te consoler. À te donner cette fièvre. À te donner confiance. Prénom Isaac.

Tu es sous sa protection, et il est sous la tienne. Tu te dépasses par ce qu'il te dépasse, et inversement. Tu n'avais pas d'autre choix que d'accomplir la traversée de son jeu ; arpenter son cauchemar de destitution, *seule,* face à son scandale d'abandon ; te plier à ses règles. Ses règles qui sont les tiennes, que tu le veuilles ou non. Il ne t'appartient pas. Il n'est pas fiable. Voilà ce que tu as découvert. Tu dois t'en souvenir. Tu dois l'affronter. Mais cette angoisse. Tu ne te croyais pas si vulnérable. Tu n'as rien choisi, la volonté est aux commandes. Courbée par la structure, cette forme sans forme apparente – *nerf* de la guerre. Loi des *lois*. Ta seule fierté, c'est ton illusion d'indépendance – ta solitude, ton noyau roi – et le saccage de celle-ci constitue ta révolte.

Ou tu seras toujours imprenable, et ton illusion d'aliénation...

Que dis-tu, cinglée diaprée ? Que dit ton épuisement ?

Tu dois retrouver la justesse. Tu l'as perdue et tu *dois* la chercher.

Il t'a incorporée dans son rêve. Il t'a prise dans *son* moment voulu. Il t'a fait perdre ton Lacan. Affect désarrimé, dérive, émeute, cassure, capture, souci, attente, sujet, objet, signifiant, signe. Si seulement tu avais pu penser en ces termes, dans l'immédiat. « L'oiseau s'est envolé ». Que te veut-il ? Ton amour est devenu fou. Il ne signifie plus rien. Mort clinique du sens. Le réel clignote, quand tu tentes de le fixer. Pourquoi sa disparition ? Que dois-tu voir en elle ? Quelle est cette angoisse qui t'a rendue hystérique ? Qu'est-ce qui t'éreinte ?

« RÂ RÂ RÂ ! Tout ça, c'est de la connerie ! »

Toute gestation, toute naissance s'opère dans la douleur.

Ce soir, il te dévorerait. Il te ferait avaler une goutte d'expérience empoisonnée. Pas fameuse. Utilisée sans préavis. Testée. Forçage sadique de ta cuirasse subtile. Profanation de ta chère lâcheté. Transcendance dégueulasse. Cette lettre d'Adieu. Vrai-faux-semblant. Cruauté. Vérité. Vertige. Ça lui ressemble, éventuellement. À force de vouloir traiter le mal, on l'incarne. Le mal *par* le mal, qu'ils disent.

C'est de lui que tu parles ; destruction créatrice de créateur ; numéro un, numéro deux... Il t'a faite, depuis toujours. Il incarne ces martyrs que tu admires ; méchants parrésiastes et anomalies criardes. Sage gamine, sans concept. Ton pardon artistique. Ta perméabilité, ta vulnérabilité : ton vertige volontaire. Du vice au salut. Que dis-tu ? Tu penses à Job. Tu penses toujours à Job. Et à Worm, aussi.

Que dis-tu ? Reviens, tâche d'être concrète.

Frisson. Rictus.

Si vous ne savez pas *exactement* quel rôle vous êtes en train de jouer (ce que vous êtes en train de détruire, ce que vous êtes en train de créer), c'est que quelque chose, ou quelqu'un, vous en fait jouer un à votre insu. Tu as été piégée dans un rôle inepte : celui de la veuve. Métamorphose ridicule. Humiliation. Inconséquence. Respect et irrespect concomitants. Parjure sublime. Amour. Méta-amour. Meurtre pour naissance et non pas contre. Il devait savoir ce que ton trauma déclencherait : ton épanouissement. Ami cruel, sa traîtrise a consacré ta fidélité à mon égard. Tu m'as obligée à aspirer ton venin. Tu me l'as *transmis.*

Raconte. Un effort. Tu ne peux que te perdre dans ces tâtonnements insupportables. Tu vas toujours soit trop lentement soit trop vite. À croire que tu le fais exprès. Tu t'appropries trop. Tu ne peux plus tout retenir. Tu ne peux plus continuer. C'est impossible. Sauve-toi : parle. Quitte le vide pour le vide. Tourne autour de lui. Charme-le et laisse-toi charmer par lui. Perds-toi, en le sachant. Esquisse une aventure. *Prends le temps et explose.*

Nous étions tellement imbus de notre splendeur. Nous n'étions pas seuls, mais nous étions abandonnés. « À ban donnés ». Donnés au ban, comme dit l'autre. De tout temps. C'était plus fort que vous. Rien qu'un état de fait. Tu t'étais résignée depuis bien longtemps – diluée dans ton désespoir, rien n'était pour toi ; mais lui non, puisque guerrier, pirate, aventurier. Contrairement à toi, il n'avait pas peur de se salir. Il n'avait pas peur de se montrer. Il n'avait pas peur de se tromper. Il avait de la bouteille. Et s'il ne restait plus grand-chose à sauver, il y tenait quand même. Il te donnait ce courage qui te manque. Il te ramenait à la surface. Vous vouliez représenter ce presque rien. Vous vouliez aller au combat. Vous vouliez vous salir ensemble. Tu y tenais aussi dorénavant. Mais démunie. Si fragile. Falote. Tu ne tiens jamais bien longtemps face au monde du pire. Les secondes d'hésitations sont les nuances du destin. Tu hésitais. Sa faim de conquête et ta soif de secret s'interdisaient. Vos sacrifices étaient les mêmes, mais ils différaient dans leurs manières. Lui, peut-être le moins couard de tous. Mais aussi trop fragile. Vos ambitions vertigineuses vous rendaient trop vulnérables. Naufragés palpables. Par trop *saisissables,* et incapables de le supporter. Comme deux enfants amoureux *fous de leur refus* de faire cesser la partie de cache-cache.

Que dis-tu ?

« *Comment s'en sortir sans sortir ?* », demandait Ghérasim.

Le secret de la survie est le secret. Fiction. Esthétique. Parole secrète. Art : premier et dernier recours contre un suicide collectif. Quand tout aura craqué, quand il ne restera plus rien de la civilisation telle que nous la connaissons encore un peu, la poésie envahira le monde. Tout le monde aura vu l'image de trop. Le traumatisme sera la seule politique à venir, puisque que tout ce qui se relie aura été traumatisé. Antonin Artaud sera le citoyen lambda. L'artaucratie est le seul régime à venir.

Est-ce que tu délires ?

Continue. Tu verras bien ce que ça donne. Tu finiras bien par te calmer. C'est le but.

C'était plus fort que toi, tu flattais, tu glorifiais, tu embellissais sa psychose. Son angoisse créatrice. Tu la comprenais. Tu la craignais, et pourtant tu la sous-estimais. Et tu l'aimais, comme tout le reste. Tu aimais tout de lui. Maquillage dangereux. Orbe. Vous vous compreniez trop ; caressiez l'identique. Tu voulais ce qu'il voulait. Ce que tu voulais il le voulait. Il t'avait dit, avant de disparaître : « nous ne devons pas devenir fusionnels, mais rester osmotiques ». Tu n'avais pas tout à fait entendu la nuance, mais tu ne le lui avais pas dit. Il était facile de se sentir niais, face à lui. Il travaillait l'autorité de ses silences comme un orfèvre. Démiurge. Te tentait, sachant que tu céderais. Vampire. La manipulation était sa profession, son arme de destruction créatrice massive. Tu la vénérais. Elle t'inspirait. Il semblait toujours avoir au moins un coup d'avance. Quelque chose de flou glissait toujours à la surface de sa limpidité. Pervers comme la vérité. Pervers comme toi.

La probité est la perversion même.

Depuis des semaines, vos abîmes ne faisaient plus qu'un, et, cloîtrée entre quatre murs tièdes, cette erreur aurait pu lui être fatale. Il souffrait trop, aux flancs de ton empathie. Le serpent boa de la climatisation mondaine asphyxiait peu à peu *sa* créature : lui – vous. Déchets convaincus, hyper-produits. Funambules dégénérés. Vous étiez semblables à ces rubans d'épaves plastiques pris aux quatre vents dans les cimes. Tu comptais sur lui pour être patient. Bientôt, il retrouverait l'oubli, le calme loin de la ville, le pays des oiseaux indemnes ; les écureuils de l'aube, et les murmures du vent suintant dans sa maison, ses forêts protectrices. Tu t'étais dit, quelques mois auparavant, lorsqu'il avait posé ses valises dans ton bunker, que dès lors que sa peau perdrait son odeur de sauvagerie, de feu de bois et de grand air, alors, les ennuis sérieux commenceraient. Tu ne t'étais pas trompée. Il était nécessaire que ça disjoncte salement.

Pourriture grandiose, je te hais, méchant. Ta vie n'est qu'un champ de ruines. Lambeaux de lambeaux. Mon miroir accablé. Tu as trop abusé de ma dévotion. Tu as fait injure à ma protection. Tu l'as requise, tu l'as adorée, puis tu lui as craché dessus. Comment as-tu pu m'infliger ta disparition ? Comment as-tu pu céder avant moi, sans moi ? Tu sais que j'ai besoin de toi. Tu es mon air. Ton existence fantastique m'est *vitale* ; je m'éteins sans elle ; la chérir, la protéger est mon seul désir. Tu as voulu me l'ôter. Tu as voulu m'exiler de ta beauté. Tu as voulu me tuer. Je te hais. Du haut de tout mon amour, *je te hais tellement*, de m'avoir ainsi fêlée. Tu m'as transformée en toupie acide. Affolée. Tu m'as faite vriller dans l'obscénité de la peur. Et tu m'as forcée à chercher un antidote. Tu m'as coupée de mon déni. Tu m'as anoblie, grande ordure ! N'as-tu pas honte de me faire faire ce que je suis en train de faire ? N'as-tu pas honte de m'obliger à en venir aux mots ? Comment as-tu pu me faire ça, à moi ? Tu m'as conduite à mon propre massacre. Cela, je ne te le pardonnerai jamais.

Tu devrais te taire. Rien de ce que tu dis n'a de sens. Tu aimerais que tout ceci n'en ait aucun. Mais tu l'as bien senti : le déclic. Tu as toujours voulu te taire. Mais tu ne peux plus ; désormais, tu parleras. Tu laisseras tout tomber hors du silence. C'est encore son rêve. Ton cauchemar, ta honte : c'est qui tu es. Surtout et surtout pas. Ton désir. Que dis-tu ? Vous êtes tous deux lamentables. Mais tu veux voir, alors vois.

Depuis des semaines, tu observais sa dynamique spectrale. Sa placidité houleuse. Son état de demi-fantôme. Un état impossible : inodore. Ni lui ni toi n'en pouviez plus, mais tu ne pouvais rien dire. L'omniprésence silencieuse de la mort vous rendait muets. Et la pauvreté. Votre traversée, constellée de périls, devait s'effectuer dans le silence. Tu l'accompagnais, dans la noirceur, comme dans tout le reste. Tu as aussi sculpté ce soir de mort subite.

Tu reviens du travail ; tu es tout juste sortie de terre.

Il fait noir. Tu traverses le hall, tu vas, inattentive, sur un carrelage d'échiquier ; puis la cour, boisée de déprime. Entre onze heures trente-six et onze heures trente-sept, tu te trouves entre le premier et le second étage de ton immeuble. Il reste quatre étages et demi à gravir et, une vision te traverse : « tu entreras dans l'appartement, tu le retrouveras pendu ; vidé de son sang ; ou disparu pour toujours. » Tu sors ton carnet de ton sac, tu retranscris ta vision, comme à chaque fois que quelque chose te semble important pour la reconstitution postérieure. C'est ta discipline égotiste. (Tu appelles ces carnets tes « torche-narcissisme »). Ton intelligence, ton écoute, ta seule manière de t'armer. Tu *sais* l'absence qui t'attend. Tu l'as déjà rencontrée, avant même qu'elle ne se présente. Peut-être l'as-tu écrite. Cette crainte veinait tes jours, écumait tes nuits. Ça ne pouvait plus durer. Il fallait que l'abcès craque – ce soir. Tu l'avais senti, aussi, dans ses derniers mots – leur sens fumigène –, il se comparait à l'ombre du Hollandais volant. Pas rassurant. Tu y repenses, en traversant le couloir du dernier étage. Tu lui avais répondu que, comme Pandora, pour lui, tu pouvais bien mourir, mais que, surtout, tu étais prête à vivre. Ce à quoi il avait répondu, caustiquissime : « c'est pas gagné ». Une heure après ce dernier échange, il jetterait son téléphone aux ordures, géolocalisé par la police au 55 avenue de Saxe, puis se vaporiserait. Tu l'imagines, à ce moment, ton animal affolé, jubilant de sa mômerie d'épuisement. Drapé dans sa terreur de con. Harassé de percussions déboussolées, panique atonale. Dissonances catastrophiques. Arrivée à quelques encablures de la porte, tu te le représentes, traversant le couloir, comme toi, mais en sens inverse, quelques heures plus tôt ; tu le vois *te traverser* – enfin fantôme – et tu te rends compte que toutes ces pensées, qui t'accompagnent depuis le rez-de-chaussée, sont inhabituelles – *trop claires* ; une brûlure étrange se réveille en ton centre. Les clés tournent, cliquettent. Tu arrives dans ta chambre. Tu observes les objets : ils énumèrent le suicide. La macédoine de légumes sur la table, il en a pris une bouchée, puis il n'en pouvait plus. Il ne mange presque plus, depuis des semaines. Ses jambes, ses bras sont devenus faméliques. Le renoncement avait enfumé son regard bleu prodige. Le cendrier sature, l'ordinateur, ouvert, projette son halo sur les draps de lin ; sur l'écran, la dernière phrase écrite, pour la correction de ses épreuves : « Pas de preuve du suicide chez les animaux. » Tu comprends ce qu'elle déclenche. Il est parti sans laisser de traces. Il ne reviendra pas. Il a abandonné son nom. Il t'a abandonnée. Le carnet à spirales qui jouxte l'écran. Tu frissonnes. Une lettre, sans ratures.

Tombeau pour l'autre en soi

Il sut qu'il n'en avait plus pour longtemps ; et que le mieux était d'abréger. Il savait qu'il venait d'écrire un livre qui changerait l'histoire de la philosophie. Le livre vaincrait, mais lui avait perdu ; à cause de ça. Pendant dix ans il s'était senti, su persécuté. La persécution est l'humiliation collective. Depuis quelques années il se croyait relaxé ; mais le pli était pris, et il s'était dès lors transformé en son propre bourreau sans s'en rendre compte. Et il s'était fait des illusions : les bourreaux étaient toujours là, plus nombreux qu'ils n'avaient jamais été. Il avait eu le regard ailleurs pendant cinq ans. Il venait de rencontrer la plus extraordinaire femme du monde. Elle lisait tout, sentait tout, comprenait tout. Il n'avait pas pu s'empêcher de penser régulièrement qu'il l'avait rencontrée trop tard et que sa vie eût été toute différente s'il l'avait rencontrée à point. Il n'avait aucun regret, qui n'appartenait pas à sa manière de penser. Il y a une traçabilité mathématique des destins ; il n'était ni la première ni la dernière des victimes ; tout son travail, en tout cas le meilleur de celui-ci, parlait au nom de ceux-ci. Le pire au monde était ceux qui disaient être du côté des victimes alors qu'ils servaient les bourreaux. Et étaient donc eux-mêmes des bourreaux, et même à la seconde puissance, la puissance mondaine exterminationniste de l'hypocrisie. Personne ne peut se mettre à la place de quelqu'un d'autre. Il n'y a pas d'autre crime que celui-là. Combien lui restait-il ? Quelques heures ? Quelques jours ? Quelques mois ?

Quelques heures. Inutile de se bercer d'illusions. Il avait un fils, un ange qu'il ne voyait plus depuis des mois. Sa mère était une sainte stoïcienne, atteinte d'une maladie préoccupante pour laquelle elle devait se faire opérer.

Rien n'allait plus.

Il avait essayé de dire sa vie, dans un récit inabouti et montré à presque personne. Il n'avait pas réussi : quelque chose y était surjoué pour rendre compte de quelque chose de bien pire que ce qui pouvait y être décrit.

La réalité pire est la seule chose dont les philosophes et les écrivains n'ont pas le droit, la possibilité physique, de parler. Il fallait préparer cette mort. Il arrivait à en parler avec sa compagne, ce second hémisphère du même cerveau, dont la souffrance *était une mécanique scientifique exactement pareille à la sienne. Il l'aimait. Il avait déjà aimé, mais jamais si pleinement qu'il ne l'aimait elle. Il ne voulait pas l'entraîner dans sa mort au combat. Il rêvait de laisser une veuve très digne. Il pourrait lui léguer la description de cette mécanique de la souffrance, et qu'elle s'en porte garante quand il ne serait plus là. Ce n'était pas grand-chose, mais ça aidait à tenir contre la canaille universelle. La description ferait le reste. Il avait été libre, sans s'en faire gloire : plus téméraire que courageux, et prenant ensuite le pli de ne presque jamais se contraindre à ce dont il n'avait pas envie. Ce qui coûte très cher.*

Il aimait la vie, même il l'adorait et là la partageait avec quelqu'un d'une transparence égale à la sienne. Mais la vie humaine est invivable, de n'être que contraintes. L'argent ne faisait pas le bonheur, mais était le sang de la vie invivable. Il était anémique depuis trop longtemps et ne pouvait se défendre. Il y avait bien un royaume des Idées où les siennes se portaient très bien. On doit *mourir de toucher à l'immortel.*

On doit mourir de la diction juste, qui dit l'Idée vraie. C'est la loi.

N'y tenant plus : vous autres, tous sans exception, « philosophes » d'aujourd'hui, avez-vous conscience d'à quel point vous vivez comme des bourgeois ? Saurez-vous

vous faire une idée de ceux qui ont vécu seuls, errants, la plupart du temps sans argent ? Et de tout ce que cela implique ?

Mourir de sa propre faute aussi ; mais faute innocente (belle, aveugle) ; et faute créatrice.
Seuls les « collabos » respectent toutes les règles.

La perfection crue de ces phrases t'enchante un instant. Cruauté clinique. Tu t'en moques aussi, et tu les prends au sérieux. Toujours pareil. Deux choix s'offrent à toi : y croire, ou non. Tu ne peux t'empêcher de penser que jamais littérature n'a été si sacrée. *Si vive*. Poésie physiologique. Détresse et rareté envoûtantes. Et ce quelque chose de ridicule que transporte avec elle toute vérité cruciale. La littérature éblouit la logique. Mais pas de doute alors, il l'a vraiment fait. Les idées ne comptent plus : il a disparu.

Entrevoir des échantillons d'impossible, puis en dérober quelques fragments : telle était sa passion. Il t'avait dit, au cours de l'une de vos nuits de conquistadors transis, que « le mal, c'est quand on se prend pour Dieu ». Le Mal était *sa hantise*. Il tentait, depuis des années, d'ériger une équation-cathédrale des enfers anthropologiques. Il avait plutôt réussi son coup. L'ossature des fléaux qu'il avait déployée était irréfutable.

Mais cette nuit, il mènerait de lui-même l'orchestration d'une contingence dantesque, le savait-il ? Le niait-t-il ? Cruauté : aberrant pourquoi. Abandon apothéotique. Mise en scène ; tyrannie ; jeu de dupe ; flux morbide ; torture ; cirque sordide.

Contrainte d'y prendre part, tu seras ce soir sous l'emprise d'un usurpateur exsangue du pouvoir des Parques. Tu seras sa créature en tension. Tétanisée ; tu te sais prise et tu comprends la venue des salves terrifiantes. Tu entends leurs grondements, traduits par tes neurones, cristaux-transistors. Acculée, tu te prépares, tu

...s pas d'autre choix, dans une parenthèse temporelle
.ndicible. Latence béante. Tu esquisses une prière athéo-
logique, désespérée ; elle te susurre cet ordre : « agis ! ».
Ce n'est pas le moment de te mettre à genoux. Relève-toi.
Retrouve le corps.

La partie de panique commence. Et voilà que tu
déferles. Tes ahanements sont épouvantables. « Non,
non, non, non, non, non, non, non... ». Tu rugis son nom
dans la rue. L'écho te glace les sangs. De sombres vitrines
te renvoient ton reflet : ton visage est un capharnaüm.
Tu réfléchis à toute vitesse pour scruter chaque possible
(et, ce faisant, tu oublieras l'essentiel – la gare d'Austerlitz, son pont pour la liberté, ses rails pour « la retraite »,
comme il dit – tu le regretteras bien plus tard, tu aurais
dû aller le chercher là-bas, en premier lieu). Mais tu le
crois mort. Ta raison immobilisée par le givre. Sa vie,
ses dernières rencontres et déclarations s'enchevêtrent
dans ton esprit comme un horizon de glace maladroi-
tement sculptée. Tu te souviens que, ces derniers jours,
il a souvent parlé de son envie d'aller en finir au fond
de la Seine. Alors tu cours vers elle. Tu te rues, comme
jamais tu ne t'es ruée nulle part. Tu traverses une nuit
dont l'éclat n'a jamais été si noir. Tu arrives à bout de
souffle sur le pont Royal. Tu scrutes les rives ; les longes
en vociférant ; tes jambes s'étirent comme des ombres au
crépuscule ; chaque reflet aquatique recèle un potentiel
d'horreur – tu ne verras jamais plus ces petites muses
fluviales de la même façon –, pendant combien de temps
le cherches-tu ainsi ?

Tu avais noté le numéro de téléphone de son meilleur
ami, que tu respectes, mais que tu crains aussi. Tu sais
son animosité à ton encontre, et cela te fait hésiter
quelques minutes –, l'une de tes pires tares est de ne vouloir déranger les autres à aucun prix. Tu n'aurais jamais
cru devoir utiliser ce numéro dans de telles circons-
tances. Tu appelles Jon. Chaque mot lacère ta gorge ; ta
voix est brisée, elle n'est qu'un filet ; une latence sourde

avant qu'elle ne se mette en marche : « Il est parti, Jon. Je sens qu'il est parti. » ; sa voix à lui est un matin d'hiver ; la force de son calme apparent te réchauffe. Plus que calme, il semble blasé par les nouvelles alarmantes que tu lui rapportes. Tu ne sais plus très bien ce qu'il te dit, alors. (Son cartésianisme te parfume, c'est la seule chose dont tu te souviennes.) Que tu dois te calmer ; que ce n'est pas la première fois. Que non, il n'est pas parti. Il en est sûr. Il est inquiet, bien sûr, mais reste convaincu qu'Isaac est en vie. Contrairement à toi. Idiote. Tu remontes la rue, chancelante. Le choc pétrifie tout. Tu stagnes. Mais Antoine, l'autre frère d'armes, te téléphone. Jon a dû lui dire de le faire. Tu ne sais plus. Lui aussi habille son anxiété de flegme. Tu lui parles de la lettre. Il te demande de citer ce qu'il a écrit, d'être précise. Tu en es incapable. Tu as basculé dans un cyclone. Mistral de peur. C'est toi. Tu te *confrontes* à ta *convoitise*. Suivant les directives des deux fidèles, te fiant à leur intransigeance, tu retournes chez toi comme un automate fou, tu emportes le carnet et aussi le manuscrit du livre qu'il écrivait, depuis des mois, comme un possédé épelant son trauma, et qu'il appelait son « Himalaya ». Tu veux l'avoir avec toi, tu sais que c'est une pièce à *conviction*, même si personne ne pourra le comprendre, toi, tu sais ce qu'il en est. Sa pensée est son bourreau. L'un d'eux. Il t'est souvent arrivé de le haïr, ce foutu bouquin. Ce satané cerveau. Tu sais qu'il renferme la strychnine de l'homme de ta vie. La bête noire de mille pages est dans ton sac, avec le carnet à spirales. Leurs manigances exultent. Elles sautillent d'être ainsi *activées*. Elles se vérifient. Tu dévales et tu cours et tu te jettes dans un taxi. « Rue de l'École-Polytechnique ». Inutile de préciser au chauffeur qu'il faut faire vite, ton regard est une fresque de l'urgence. Antoine te dit par SMS de ramener du vin, et du whisky. Il ne perd pas le nord et cette irruption de prosaïsme, ce rappel à la jouissance te rassure le temps d'une seconde. Ce sont bien souvent de tels millimètres qui aiguillent la ctoire. Bribes électriques de plaisir ; jalons de l'espoir ; perles et photons ; fins soupirs. Puissance divine de l'instant. Big-bang catalysé. Humour. Et tu n'en reviens pas, d'avoir encore au fond du crâne quelques nuances d'humour. Mais ton sens de celui-ci est naturellement noir, c'est ainsi qu'il doit pouvoir encore subsister, dans l'invivable. Mais ça n'est rien qu'un instant. Il y en aura d'autres. Ils ne vaincront pas. Ta dignité se dissout dans les spasmes. Tu t'en fous. Isaac est mort. Tu n'existes plus. Tu déboules chez l'épicier de la rue des Écoles comme un pantin foutraque. Tu es méconnaissable. Ta démarche, ta voix, ton esprit ne t'appartiennent plus. Rue de l'École-Polytechnique ; Antoine t'ouvre la porte. Tu entres comme une fusée de détresse et t'assois devant la grande table en marbre du salon ; tu poses le carnet et lui lis la lettre, avec une difficulté inouïe, toi qui parles le texte si aisément, d'ordinaire. La lave de l'angoisse refroidit dans tes muscles. Tout se solidifie au contact de cette diction fatale, et Antoine, comme toi, est pris au piège. « Grouille, au commissariat. » On descend à Maubert. On entre dans le cube de béton des hirondelles du Ve. Tu réussis à tenir debout, au début, à parler pendant quelques minutes pour signaler la disparition de ton trésor ; puis, quand Antoine parle à son tour, tu te retrouves spectatrice et alors, tu convulses. C'est horrible. Tu te gondoles, ta honte est torride. Tu craques de nouveau ; ton corps ne supporte aucun espace, aucun son, tout ce qui existe te fait outrage ; tu t'effondres sur le carrelage, tu brailles des inondations torturées. Tu as perdu Isaac. Tu te vois déjà au lendemain, le découvrant, nacré, à la morgue. Tu as perdu tout espoir. Les larmes incendient ton visage, la peau de tes joues s'étiole. Écorchée pathétique. Tu es monstrueuse, les fentes de tes orbites sont devenues des plaies ardentes ; tu es *entièrement* gangrénée de souffrance. Tu vocifères dans le commissariat. Tu n'aurais jamais cru devoir soutenir telle géhenne. Antoine ne dit rien. Tes rondades l'embarrassent, probablement. Un petit flic vient te chercher, et te fait monter à l'étage. Il dit à Antoine de rester en bas. Tu lui refiles ton sac, dans lequel se trouvent le manuscrit, la lettre, une bouteille de vin. Le flic doit te porter pour gravir quelques dizaines de marches, tu trembles trop ; il te fait asseoir sur une de ces chaises de bureau matelassées que tu détestes tant ; il te demande de décrire Isaac. On t'insulte. Tu exécutes l'inexécutable. Chaque phrase que tu prononces pour décrire son allure, son corps, ses vêtements, ses attributs distinctifs, te lacère. Tu ne l'as jamais autant aimé qu'à cet instant. Tu as tellement envie de lui. Son odeur voûte tes souvenirs. Tu crèves. Chaque détail de sa beauté. Plus jamais. Tu pleures et tu pleures. On te demande de raconter sa vie. Ses victoires. Ses erreurs. Son *calvaire*. Le flic ne comprend rien. Tu te dis que dans un film, la scène serait hilarante. Dans le procès verbal, le type écrit : « profession : fylozofe ». Il veut garder le carnet. Tu refuses. Sèche comme une maquerelle. Tu commences à en avoir vraiment marre de ce con. Ingrate, odieuse, mais qu'en as-tu à faire, tu as si mal. Ton entêtement ici est exceptionnel. Toi qui es si lourde de politesse, la plupart du temps. Le crève-cœur dure longtemps, te consterne. Tu sais que ce manège est stérile. Isaac est mort. Tu deviens méchante. Tu les accuses. Ils finissent par te relâcher. Tu remontes la rue à toute berzingue. Chaque seconde de solitude est un écueil, tu le sens. Si Antoine n'était pas chez lui à t'attendre (tu lui as écrit, pendant le long entretien avec la police, pour lui dire de rentrer), tu serais allée te tuer, à *ce* moment-là. C'est l'évidence. Il doit être trois ou quatre heures du matin. Il t'ouvre, tu n'es qu'une limbe. Deux bouteilles de vin rouge, que tu enfiles comme des putains délicieuses. Antoine tourne au whisky. L'incroyable est que l'ivresse, à un moment donné, vous libère. Jamais l'écrin alcoolique n'a été si salutaire. De quoi parlez-vous, toute la nuit ? Vous parlez de peinture, ou de politique, ou de littérature. Antoine t'écarte sciemment de la galaxie

Isaac. Tu es encore curieuse. Comment fais-tu ? Vous ne vous étiez jamais vraiment rencontrés. Tu l'aimes. Sa conversation est un charme net. Puis tu te souviens. Isaac mort. Tu es devenue tarée en définitif. Tu pleures encore et encore. Tu ne te souviens plus, tu ne connais plus que l'effondrement, la ruine. Antoine, son corps de colosse, t'enlace comme un coquillage, tu sanglotes encore, puis, à bouts de forces, tu t'endors, étendue sur ce mastodonte de bienveillance, la tête enfouie dans ses dunes musculeuses, sur le canapé à rayures. Tu as pensé à mettre ton réveil. C'est fou. Tu dois être au travail à dix heures. (C'est à ça que sert le travail : éviter que tout le monde pète les plombs, *à raison.*) *Te rendre* au travail. Comment fais-tu pour penser à cela ? Seulement par respect pour celui qui t'emploie dans ce cinéma. Tu le considères comme un ami. Un éclaireur. Il est l'un des hommes que tu estimes le plus au monde. Beaucoup plus fin et intelligent que tous tes petits copains intellos. Un roc kantien. Tu crois que tu vas y arriver. Tu te réveilles, ivre, à 9h50. Antoine grogne. Tu lui demandes si tu peux revenir après le bagne. Impossible d'être seule avec tes pensées ne serait-ce qu'un seul instant. Tu n'as jamais autant eu besoin des autres. Tu dévales la rue des Carmes jusqu'au boulevard Saint-Germain. Tu montes dans un taxi. Remugle des secousses. Te voilà seule. Tu sens que tu ne pourras pas. Tu veux y arriver. Tu te crois forte, ma pauvre. Il y a tant de séismes dans ta gorge. Tu arrives avec un quart d'heure de retard, tu vois à l'expression du dirlo que tu fais peur à voir. Hystérique, tu t'excuses : « pardon. Nuit difficile. » Tu vas chercher l'argent de la caisse dans le coffre-fort. Tu défailles. Sois coriace, allez. Tu comptes l'argent comme d'habitude ; ranges les pièces dans le monnayeur, en te salissant les doigts, comme il faut bien ; mais les larmes défoncent ta bonne volonté. Tes tremblements dérangent tout. Les objets tombent autour de toi. On te demande ce qu'*il y a*. Cette question, que tu exècres toujours : ce qu'il faut demander, c'est ce qu'*il n'y a pas*. Il n'y a pas Isaac. Il faut parler uniforme. L'estafilade de trop. Tu tentes : « Mon ami a disparu cette nuit en laissant une lettre de suicide. » Scandale. Tu ne peux plus. Tu ne pourras pas survivre à ça. Tu te sais condamnée. Tu ne sais pas comment te supprimer. Tu voulais vivre. Tu voulais vivre pour lui. C'est la mort de la joie. C'est ta mort. Elle t'étrangle. Les spectateurs prennent leurs billets. Tu encaisses l'argent en pleurant. Cette laideur, cette grossièreté t'insupportent, redoublent ta violence. Tout est vulgaire. Surtout toi. Tu n'es plus de ce monde. Tu lui fais peur. Il faut sortir de cet autre cirque inconciliable. Ton cerveau est un bulldozer, une arme d'auto-destruction supramassive. Tu dépasserais tous les Néron, Khan, Attila, Hérode, Calligula, Napoléon, Nixon, Saturnin, Trébellien, Celsus, Titus, Censorinus, Sarkozy, Bouteflika, Hu Jintao, Bush, Hitler, Mussolini, Staline, Castro, Lenine, Kim Jong-un, Mao, el-Bechir, Hussein, Chavez, Assad, Nethanyahu, Miloševic, Poutine, Ceausescu, Bongo, Berdimuhamedow, Turcanu, Erdogan, etc. Tu déclencherais des trous noirs.

Tu ne pourras jamais tenir ainsi jusqu'à 17 heures. Tu te remets à étouffer dans tes larmes. C'est lassant. Isaac est parti. À un moment, tu es dehors, juste devant le cinéma, où tu fumes tranquillement d'habitude ; là c'est toi qui es fumée, femme-cendre. Tu suffoques, tu t'époumones, comme quelques semaines auparavant lorsque la police bombardait le périmètre de gaz lacrymogènes. Une gitane frêle, très belle, s'approche de toi. Tu ne l'as jamais vue. Tu n'en vois jamais des comme ça. Pourquoi elle – ses tissus, velours, soies, étincelles –, maintenant ? Elle te demande : « est-ce que ça va ? ». Tes sanglots s'amoncellent. L'inconnue te prend dans ses bras. Elle est si petite, tu la sers contre toi, manques de l'écrabouiller ; tu coules dans son foulard de petite sorcière ; elle t'embrasse, « ça ira, tu verras, courage, ma sœur. » Tu tords un sourire, lui dis merci, lui demandes de revenir te voir, un autre jour. Tu tentes de te calmer. Tu veux travailler. C'est ton devoir. Mais tu as trop mal. Tu contamines tout avec tes borborygmes, tu te contorsionnes entre les allées et venues des spectateurs. C'est toi le spectacle, ma pauvre. Le directeur te demande d'appeler une des seules amies qu'il te connaisse, Romy. Elle habite tout près. Qu'elle vienne te chercher. Elle ne répond pas. Elle vit dans les avions ; les podiums et les papiers glacés lui ont volé son temps. Tu appelles Arthur. Pas de réponse. Tu as si peu d'amis. Tu ne veux pas appeler Jean. Ni Edno. Ni François. Tu sais qu'il te faut être avec ceux qui connaissent Isaac. Les rares. Tu as besoin de ceux-là. Le directeur appelle Antoine à ta place, il ne veut pas te laisser partir seule, car tu ne tiens pas debout. Antoine grommelle qu'il dort et qu'elle n'a qu'à monter dans un taxi. Sa goujaterie volontaire te calme. Faut pas pousser. Le dirlo hêle ton énième carrosse vers l'immonde. Arrivée rue des Écoles tu achètes à l'épicier plusieurs litres de bière, du vin blanc. Tu arrives chez Antoine. Tu t'es souvenue de ce qu'Isaac te disait quelques jours auparavant : « On ira se promener au bois de Saint-Cloud, ça nous fera du bien tu verras, on respirera un peu ». Tu te souviens de sa précédente tentative : il s'était tranché les veines – dans le mauvais sens –, quelque part dans les entrailles de la forêt de Saint-Germain-en-Laye, à cause de l'autre folle. La présence d'Antoine te donne le courage d'être stratège. Il est fort cet Antoine. Il a dû en voir des pas mûres. En fait, il est un peu expert, limite suicidologue, d'après ce qu'il te laisse savoir de sa vie. Il te l'a dit : le suicide n'a *rien à voir* avec la tentative de suicide. Tu appelles le commissariat de Saint-Cloud, puis celui de Saint-Germain-en-Laye ; grâce à des passeurs anonymes : les renseignements. Ta détresse, leur empathie. 118 712. L'humanité au bout du fil. Nous nous sommes donné tant de moyens pour faire tenir tout ça. C'est étrange. L'empalement descriptif recommence. Tu tiens bon au bout du fil. Tu es à bout de forces. Fibreuse. Jamais tu n'as autant pleuré, crié, pendant si longtemps. Chimère terrorisée. Tu ressembles à une de ces fleurs nucléaires à trois demi-têtes. Hydre scintillante, tu contiens le rire, l'effroi, la peine, la rage en simultané. Hyper-vive. Tu tentes de te raccrocher à l'espoir d'Antoine, mais tu dégringoles, tu t'érafles contre les parois de ton deuil. Tu appelles plus de gens en deux heures que tu ne l'as fait en une année, et même plusieurs. L'aubergiste du village d'Isaac, ses amis, parents de substitution ; tout un réseau que tu serines avec ta violence – sa violence –, ils sont tous extrêmement inquiets (tu les contamines, il faut dire – un vieux poète proto-punk a dit de toi que tu étais radioactive, ça n'a jamais été plus vrai) ; mais ne le croient pas mort ; toi, tu en es convaincue, parce que tu sais pourquoi, parce que tu l'as vu lentement dépérir avant de disparaître : Isaac c'est fini. C'est une certitude. Il ne pouvait plus tenir contre lui-même. On l'a assassiné, tu le notes à un moment dans ton carnet, et tu fais une liste des noms que tu accuses (dont le sien) propre, et que tu puniras. Tu penses déjà à la vengeance. Tu brûleras tous ces connards au lance-phrase. L'après-midi passe à travers ces redondances anxiogènes. Tu craques, mais de moins en moins, grâce à l'*usure*. Seule que ferais-tu ? Tu te noierais dans ta bave. Antoine te donne de la force. Sa dignité t'insuffle un semblant de prestance. La contagion de sa classe est efficace, aucun doute là-dessus. Alors que tu fais les cent pas, les yeux perdus avec les bêtes sauvages des tapisseries, en te répétant à voix haute que cette lettre, cette *situation*, « ce n'est qu'un rêve, ce n'est que de la mauvaise littérature, ce n'est qu'une mort abstraite, un tombeau pour l'*autre* en soi », Antoine t'appelle, te dit de monter dans sa chambre. Il te prend dans ses bras parce que tu chiales encore, puis ouvre son ordinateur. Il veut te montrer un tableau. *La tentation de Saint-Antoine*, de Gustave Moreau. Magie omnicolore. Émerveillement. Quelques secondes de calme, dans la contemplation, *présence réelle*, affirmative. Tu avais oublié les peintres. Condamnée. Tout ça n'est plus pour toi. Vous en parlez pendant quelques minutes. Tu divagues, fais des analyses à la mords-moi-le-nœud, tu racontes n'importe quoi. Tu combats avec des bavardages. Ton intelligence est détraquée. Tu ergotes. Antoine reçoit un coup de téléphone de sa compagne. « Allô, mon amour ». Son détachement, sa confiance, sa stabilité, sa joie de lui parler te déchire. Te voici jalouse. Tu es seule dans ta tragédie. Son venin t'a entièrement conquise. Et voilà c'est reparti tu replonges, sur la terrasse, le soleil insulte ta fièvre, torture infernale. Tu n'en peux plus. Cette canicule absurde, il est trop tôt pour ça, ne peut venir que de lui. C'est Isaac cette canicule. Pourquoi ces températures, 35 degrés en mai ? Purulence. Ton nombril. Obsédée. Dissolue. Morte en puissance. Puis, à l'heure du macadam pourpre ; une nouvelle éclaircie, un souffle ; une autre caresse, inattendue. (Qui te les envoie, toi, à qui il n'arrive jamais rien de familier ?) Ton ami Arthur, ta fidèle étoile, son cher regard gris-ciel, fait son apparition, comme *à chaque fois* que tu sombres. Le voilà qui entre dans l'appartement d'Antoine, en compagnie de Rebecca son épouse et de sa fille, Anna. Elle a bien grandi, tu ne l'avais pas vue depuis trois ans. Vous aviez eu de belles heures ensemble. Vous aviez ri, vous aviez joué, vous aviez couru dans le sable, vous aviez dormi. Tu avais oublié les enfants. Mais condamnée, tout ça n'est plus pour toi. Il y a aussi ce cameraman que tu as connu sur un tournage, il y a longtemps. Tu avais oublié les films. Tu lui demandes sur quel tournage vous vous êtes rencontrés. Tu te rappelles que tu as eu une vie. Une vie de solitude totale et d'ennui, dont tu ne voulais plus, que tu ne devais plus porter, grâce à lui. Arthur, accroupi près de la fenêtre, lit la lettre d'Isaac ; et déclare : « c'est trop parfait. Il n'est pas mort. On ne peut pas écrire une telle lettre quand on s'apprête à mourir. » Il a raison, c'est évident, mais tu es têtue, tu ne vois que sa disparition, lui rétorque qu'Isaac ne fait jamais rien comme personne. Anna fait ses devoirs. Rebecca la corrige. Tu avais oublié l'étude. Tout ça n'est plus pour toi. En les voyant tous les trois, tu as envie d'être mère. Quelque chose vit de nouveau. Persistance du sourire. L'univers se repeuple. La coïncidence instillée. Le grand incroyable. Leur bienveillance à tous est un baume. Ils viennent pour la préparation d'un film qui sera tourné dans l'appartement d'Antoine. Ils te racontent le scénario. Nymphes et satyres, Diane, Actéon, le roi du bois, le lac de Némi. Tu avais oublié les Dieux. Tu te souviens de cette phrase, écrite dans un demi-sommeil, après t'être tirée des bras d'Isaac, un matin : « voyez un lac, comme un gigantesque être vivant, comme une immense bête sauvage qui ressemblerait au ciel. » Tu ne sais pas pourquoi tu as dû écrire ça. Narcisse cosmique, tu aimes les lacs et les lacs t'aiment. Arthur, providentiel comme toujours, te le rappelle ; il t'a raconté ces histoires bien souvent. Le rêve est véniel, chez lui. Ce rêve de Némi, il t'y avait invitée, quelques fois ; vous aviez passé des jours et des nuits imaginaires dans ces bois. Là, c'est Rebecca qui te raconte l'histoire. Elle aussi, tu le vois, est prise dans le rêve d'Arthur. Femmes loyales : adoratrices dérisoires, procréatrices tragiques, maîtresses trahies, proues injuriées par l'ingratitude, l'irrespect, l'infidélité et la négligence des hommes. Rebecca déroule très lentement son récit, penche sur toi ses murmures, te rassure comme une enfant. La beauté de cette famille te crève le cœur. Tu ne veux pas les salir, avec ton calvaire. Tu as honte de toi. Tu souris à la petite Anna, lui dis qu'elle est superbe. Tu es complètement ivre. Tu passes un verre de vin blanc à Arthur, qui le passe à Rebecca. Femme sublime. Ses épaules dénudées. Irrésistible accent italien. Rondeur de soie beige. Mieux que la morphine. Elle te prend dans ses bras. Sa poitrine molle, une poudre. « Ne t'inquiète pas, il est vivant. Il marche. »

« Il marchait seul. Des voitures passaient. Mais il marchait seul. De temps en temps, il croisait un passant. Et pourtant il marchait seul. Il n'y avait personne avec

lui. Sauf cet autre homme en lui, là ou la bataille conti-
nuait à faire rage. Mais ici, dans cette avenue, il était
seul. Harry White marchait et luttait seul. »

Hubert Selby Jr., *Le Démon*

Tu ne la crois pas, mais tu souris – *tu dois être forte* ; mais s'il marche : où ? Comment ? Vers quoi ? Pourquoi ? Tu n'y crois plus. S'il était encore en vie, il t'aurait déjà donné signe de vie, il t'aurait épargné cette panique. Tu ne le reverras plus. Plus rien n'est plus pour toi. Tu prépares tes adieux. Isaac t'y oblige. C'est insupportable. Ta phobie de la séparation se trouve réactivée. Tu le hais. Tu te sais désormais vouée à une éternité d'abandon.

Ton corps est hors de toi et tu n'as plus d'esprit. Que la souffrance. Loque en furie tu tournoies dans ton cloaque gibbeux. Arthur, Rebecca, Anna, le caméraman sont partis. Antoine te porte à bout de bras, par sa présence, il te garde encore. Vous n'avez aucune idée de comment vous sortir de ce méandre. *Tu* n'en as aucune idée. Donc personne. Solipsisme morbide. La nuit tombe. Isaac est mort. Mais Antoine retient encore ta dissolution. Ta compacité dépend seulement de lui, il l'a bien compris. On n'a rien mangé depuis... Il a faim l'animal. Toi tu dois manger pour éponger tout l'alcool. Tu te retrouves seule quelques minutes dans l'appartement et c'est insoutenable. Ce réflexe, alors : tu cherches des chandelles. Tu en trouves dans un tiroir de la cuisine, tu les prends toutes. Tes gestes si brusques. Tu prépares un décor sur la terrasse. Tu révèles des espaces contre la nuit. Combats en forçant des apparitions. Tu veux aussi te racheter de cet envahissement. Le rendre plus amène. Tu culpabilises. Pauvre Antoine, bête tranquille. Tu hais Isaac. Tout est de sa faute. Ces quelques minutes de solitude sont de très claires annonciatrices d'accès de colère pure. Tu flippes. Tu sens que tu vires vers ce qu'il y a de pire en toi. Revoilà Antoine avec des pizzas. Il ne sait plus quoi faire de toi, mais tu ne peux pas le lâcher. Tu as besoin de lui. L'ami qui sait. Aussi longtemps qu'il le faudra. Il met un disque sur la platine. Tournoiement psychédélique, Archie Shepp. Tu avais oublié la musique. Ça n'est plus pour toi. Tu bois, écarquillée, sur la terrasse, bassin de tomettes ambrées exhalant les chaleurs incongrues. Tu peux sentir ton ventre se remplir de sang. Seins enflés, paupières kabuki, frissons phosphorescents. Complètement désemparée, tu n'as jamais eu si mal.

Quand la voix de stentor retentit :

« IL EST VIVANT !!!!!!!!!!

CE CON EST VIVANT !!!!!!!!!! »

Météorite. Absinthe.

Antoine a reçu un message. Ce salaud est vivant. Isaac vit.

Tu remercies Dieu. Tu es sauvée. C'est orgasmique. Elle ne t'a jamais faite jouir comme ça, cette enclume.

Car c'est l'amour que vous faites, et rien d'autre. Mais tu ne le comprendras que bien plus tard. Cette angoisse, ce *trouble*, ce vortex ignoble, c'est l'amour, dans ce qu'il a de plus *éclatant*.

Quel binz. Quel massacre.

« À d'autres, l'événement », disait l'autre.

Salaud d'Isaac. Putain de bordel de Dieu. Tu les lui aurais broyés, ses jolis petits os délicats d'oiseau-chanteur, si tu avais pu. Ses os adorés. Perlimpinpin miam-miam crac on n'en parle plus. « Animal, on est mal » comme dit la chanson. Il en a vraiment foutu partout. Tu lui aurais fait subir les pires tortures, au penseur. Quel con, mais quel con ! Tout cet enfer pour rien. Tout ça n'était rien. Qu'un jeu sordide, sordide, sordide. Et pathétique ! Drame à deux balles ! Tellement rabaissant. Tu as tellement honte ! Tu l'as cru ! Mort ! À présent, tu contiens tant de violence. Tu as vu le rayon vert, les enfers, extérieur émeraude, intérieur rubis. Tu ne comprends rien. C'est physiquement insupportable. Quel carnage. Tout ça, rien qu'une farce et, pour lui, aussi tout autre chose : une fusion réelle avec ses démons ; un rtige biochimique ; un danger sérieux, un délire de ioirceur, plus forts que lui. Une mécanique implacable, très inquiétante : le fantasme lucide, peut-être le pire : prénom Psychose, nom Paranoïa. Mais tu ne lui trouves alors aucune excuse, égocentrique sans centre, tu n'as que ta rage, et la fatigue. Tu penses tout de suite à la vengeance.

Tu n'as jamais eu *la* haine. Les présentations sont faites.

Tu regardes ton téléphone, Isaac t'a écrit : « desole Viv. je t aime tant. mais je ne suis pas un cadeau. je sais que tu comprends ce qui m arrive. je ne l ai pas fait parce que toi. et je suis heureux d entendre la voix de ma mere. pas d electricite ici et moi pas dormi nuit à la rue. j eteins et je dors petite mort. extenue. s il existait un mot plus fort et plus magique que pardon je le profererais. »

C'est tout ?

Foutu baratineur. Impayable couillon.

Ultraviolence du soulagement. La résurrection, pas pour les mauviettes. Les mauviettes dans ton genre. C'est un principe ; c'est du désir ; c'est la loi – c'est du dur de chez dur. Du vrai de chez vrai. Pauvre fille, tes yeux d'oursin, tes cheveux de pieuvre à présent. Dans quel état t'es-tu mise, étourdie ? Blanc du ciel pour demi-bas bleu attardé. L'alcool, Dieu merci.

La nuit avec Antoine, parenthèse, ouate. Il voudra bien te parler, encore, cette nuit. L'écouter te tient à distance de ton ouroboro de rancune, de tes envies de meurtres réelles. Cernés de chandelles, dans la douceur de l'air bleu de prusse et orange sodium, vous reprenez vos souffles ensemble ; vous buvez le whisky au goulot, jusque tard dans la nuit, vous vous reconstituez l'un l'autre, grâce à l'écoute. Sans les autres… Fragments dérisoires d'autres… Indispensables pansements. Discours, histoires, anecdotes, fantasmes, désirs, rencontres, relations, mouvements, perspectives bancales ; emportements ; « comme si » innocent ; frottements ; idolâtrie ; contre-idolâtrie ;

onanisme intellectuel ; diversions. Plus on est de rois, plus on rit. Faisons comme si nous pouvions nous toucher. Chantons. Un peu de légèreté. Un peu de bêtise. Un peu d'ivresse pour passer le mauvais temps. Bavardages ; renversements ; tentatives ; malentendus ; en bref, conversation.

Antoine dit : « Moi, je suis un révolutionnaire ... je suis Saint-Georges terrassant le dragon, et je suis le dragon (tu penses à Baudelaire qui disait « Je suis la plaie et le couteau ») ... Saint-Just ... un chevalier ... avec Isaac, avec nos revues, nos livres, nos combats, on a fait des petits ... la relève c'est toi ... Assume ... t'interroger sur cette mauvaise intuition sur sa mort ... Craindre le pire c'est déjà lui faire une place ... Pas de peur ... contre ta pente ... ton complexe d'abandon ... relire la divine comédie ... l'enfer est donné, là c'est le paradis qu'il faut atteindre ... les vrais rois, c'est les peintres, pas les philosophes de merde ... Pense à toi maintenant ... dire " il " et " elle " ... beaucoup à faire ... On entre dans le rang des assassins en écrivant, on en sort en décidant d'écrire ... »

Tu dis : « ... me dites d'arrêter de m'auto-dénigrer ... semblant de ne pas comprendre, parce que vous avez honte vous aussi ! Regardez ... vous ne voulez pas voir ce que renferme mon auto-dénégation ... ce que j'accuse, du haut de mon misérable narcissisme et de ma non-existence ... mon auto-suspension ... la colère et le dégout auront ma peau ... Vous ne voulez pas entendre cette vérité : *nous sommes tous complices et nous sommes tous morts.* ... Ceux qui m'accusent de fausse humilité sont les plus grands assassins de la véracité ... tous fanatiques ... tous, sans exception ... hypocrites, pourris, vendus. Tous. ... Surtout les écrivains, surtout les philosophes, surtout les artistes ... aujourd'hui ... poseurs, collabos, fonctionnaires. ... vous ne voulez pas le voir. ... À quoi bon jouer au plus malin ? Je sais que je peux. Vous avez vu où ça les a conduits, toutes et tous ? Au mutisme, ou à la folie ! Pourquoi parler, quand on sait déjà ce qui nous

...tend au bout du chemin ? Pourquoi arpenter des chemins que d'autres ont déjà parcourus ? Pourquoi continuer ? ... T'as lu les méditations sur un balai de Swift ? Pourquoi balayer, c'est-à-dire, mettre de la poussière là où il n'y en avait pas avant ? ... Foutez-moi la paix ... je déteste la culture ... Arrêtez de me parler de paresse, de lâcheté ... Laissez moi, mon suicide vivant, mon handicap auto-proclamé, le poids de mon inconséquence, le sas de mes hésitations, ma *vocation suspendue.* »

Mais tout s'est renversé en toi. L'alcool te rend plus lucide. Aveu d'échec. Et aveu d'hypocrisie. Tu es comme tous les autres. Irritée. Tentée. Ça te démange. Tu n'oses pas *vraiment* faire, dire ce qui te plaît. À force de vouloir limiter les dégâts, à force de te planquer, de te trouver des excuses (tu n'es pas prête, tu as encore beaucoup à apprendre, etc.), tu te gâtes toi-même. Et tu laisses faire. Tu attends que ça passe. Refuser de prendre position n'est pas une position. Tu ne regardes pas. Pas vraiment. Tu es encore trop tendre, tu persistes dans l'enfance, tu t'embourgeoises l'esprit peut-être ; et tu as honte, tu as peur de ta violence. Ta colère immense. Le mal qu'elle va te faire. Aucun refuge. (Dieu *à la rigueur.*) Tu ne domptes pas le vent. Tu t'es fait emporter dans les abysses de ta veulerie. Et ton refoulement s'épuise ce soir. Il n'est plus tenable. La disparition d'Isaac t'a précipitée vers tes derniers ressorts. C'est inexplicable. Cette affaire dérisoire a pris pour toi une ampleur extrême. Il a déclenché les mines antipersonnelles de tes socles de misère. Ta réaction, complètement démesurée, irrationnelle, t'a rappelé qui tu étais. Et, face à Antoine, ta honte s'illumine sous un nouveau jour : tu vois à quel point, *toi,* tu manques de courage. Ta timidité, ta complaisance, ta mauvaise foi t'écœurent. Tu laisses Isaac se salir à ta place. Comment peux-tu l'accuser de craquer ? Femme indigne. Tu as vingt-cinq ans – plus de dix ans que tu luttes contre toi-même : tu ne tiendras pas toute une vie à rougir de ce que tu es : un monstre, de désirs, d'intuitions, de pensées, de sensations, de questions, de générosité, de fragilité, de révolte, de phrases. Et tous ceux qui te connaissent le savent. Ça crève les yeux. Crac ! Tu crèves les yeux. Boom ! Tu ne sais que réfléchir, observer, ressentir, et dire. Tu ne sais pas agir. Tu n'as jamais su, ou si peu. Pour la forme. Ou pour quelques rares amis, en quelques rares occasions. Tu as perdu une femme à cause de cela. La femme que tu *devais* rencontrer. Grand amour, reine de ton estime, et la seule à t'avoir véritablement hantée, avant Isaac. Tu avais entendu sa belle voix cuivrée te dire, à des heures humides : « à ta place, je m'en voudrais à mort. » De quoi ? De te défiler. De te mentir. De ne pas regarder. D'avoir peur de toi-même. Elle s'appelle Silence. Héroïne androgyne, entre le dogue allemand et Annemarie Schwarzenbach. Si ambigüe et si claire, si subtile ; une sauvagerie, une élégance – elle marche comme un légionnaire qui aurait appris la danse classique – une intégrité existentielle, un talent, une écoute, une transparence, un sens de l'humour éblouissants. Elle ressemble à Isaac. Physiquement, intellectuellement, c'est parfois confondant. L'esprit, les yeux, l'humour, la bizarrerie, l'intégrité, la grâce. Regard rocailleux, cœur immense. Génie brut. Un diamant Cilence. Mais tu parleras de ta petite chamane luthérienne ailleurs. Elle te le reprochait : tu ne sais faire que parler. Tu ne sais que déduire. Tu ne sais que traduire. Tes seules œuvres sont tes déclarations. Tu proclames, tu racontes, mais tu n'agis pas. Ne faire que parler, promettre, et n'accoucher que d'absence et de vide physiques : reproches que tu fais à Isaac aujourd'hui (en ce qui le concerne, c'est peut-être une déformation professionnelle – ce qui n'est pas une excuse). Mais toi, arbrisseau timide ? Toi, machine à sentir, à faire sentir, feu d'artifice incontrôlable, tu ne peux plus te planquer. Coupe court à l'hypocrisie. Commence par dire le peu que tu sens et que tu sais. Rien d'autre. Peut-être est-ce déjà beaucoup. Peut-être que ça va tout te prendre. Vois ce que ça donne. Qu'elle est bonne, mais quelle est bonne, cette hésitation ambiante. Pourtant tu dois en sortir. Pour grandir, il faut se faire mal. C'est Isaac qui le dit, et tu le crois. Courage. Après ces dernières vingt-quatre heures, tu ne peux plus retourner là d'où tu viens. Ou est-ce le contraire ? Tu ne peux que retourner là d'où tu viens : là où tu n'as jamais été. Tu rencontres enfin la dépossession. Déploie tes interprétations. Représente-toi au monde, ne déserte plus. Pfff. Toi qui voulais être Worm. Tu penses à Einstein qui dit quelque chose comme « le monde ne sera pas détruit par ceux qui font le mal, mais par ceux qui les regardent sans rien faire ». Isaac t'a mise face à toi même, il t'a fait voir que ta neutralité idéale, ton ataraxie auto-destructrice, te seraient toujours refusées. Ou bien elle n'est, malheureusement, pas de ton âge. Il a désintégré ta passivité. Bousillés, tes caprices stériles, ta complaisance. Il t'a manifesté cette injonction : « traverse ». Tu es comme tout le monde, tu ne seras jamais tout à fait droite, ni intègre. Tu es comme lui, fauteuse de trouble, maladroite, et une inénarrable jouisseuse, pour le meilleur et le pire. Tu n'as pas le choix, tu dois jouer, tu dois incarner ton comment. Faire de ton souci un art. Un peu d'élégance à la fin. Agis ! À la une, à la deux... L'immobilisme n'est désirable que parce qu'il est impossible. Con comme bonjour. Faut traverser. Et pas de demi-mesure. Pendant qu'Antoine te parle, ceci tu le comprends, tu sais que tu vas devoir reprendre le contrôle de cette narration sans pourquoi ; la dresser, cette bête enragée. Tu n'as plus le choix. Trace la prochaine étape. Ne te cache plus, ou cache-toi autrement : *subjugue*. Quelle fatigue. Déjà.

Juste avant l'aube, après le crust, le math, la noise, la coldwave, l'EBM, le psyché, le free-jazz, le kraut, le prog-rock, le dub, le reggae, l'afro-beat, le baléaric ; l'italo-disco, l'acid ; tu t'endors comme une pierre ivre sur le canapé bariolé, et Antoine monte dans sa chambre.

Le lendemain, mardi ; matin de midi. L'ami neuf te donne un bain de sel. Tendresse d'un homme dur. Tu le remercies, tu jures d'être forte (ce qui s'avèrera, pendant plusieurs jours, psychologiquement et physiologiquement impossible), puis tu t'en vas.

Puis tu es seule, dans l'univers intangible. Tu peines tant à marcher. Acrobate, tu marches sur une main, un genou, un coude, un pied. Tu es si lente. Le manuscrit d'Isaac est si lourd à porter. Tu n'en peux plus. Tu voudrais pouvoir rester plantée là. Qu'on te transforme en goudron. Les passants grimacent en croisant ton chemin. Le freak show qui commence. L'église Saint-Ephrem, la bien-aimée, t'aveugle. Cette forme indistincte sur son fronton, cette sculpture amputée, arbitrairement et de toutes parts, te ressemble. C'est bizarre vers Cluny. Tu doutes qu'il y ait encore un ailleurs hors de Cluny ; quoi que ce soit d'autre que Cluny. Est-ce que tu vas pouvoir rentrer chez toi ? Ton phare, existe-t-il encore ? Tu doutes des continents, tu doutes des océans, tu doutes des étoiles. Tu es abasourdie par la conflagration d'un grillage. Brisée pour de bon, rue des Écoles tu ne supportes plus rien. Pas même ton propre corps. Désaccordée de toute loi physique, la gravité veut t'engloutir et, sans savoir pourquoi, tu résistes au bitume cosmique, son harcèlement carnivore. Une pleureuse monte dans le bus 63, elle ressemble à un âne malade.

Tu n'as plus de visions. Tu ne comprends plus rien. Pourquoi t'a-t-il infligé ça ? Pourquoi ne peux-tu pas voir à cet instant tournoyer ses poignets ? Post-vertige, plus vertigineux encore que le vertige initial. Tu n'as jamais tant souffert. Tu gis sous un empire insondable. Tu t'affaisses, intarissable, sous les scansions de tes sanglots nerveux. (Oui, tu as un besoin *vital* d'adjectifs – tu n'as plus d'organes, il te les faut, ces prothèses adjectivales. *Fuck off.*) Tes yeux tremblent dans leurs orbites, plus rien n'est d'apparence stable ; à une heure pourtant si prosaïque, midi. Un nouveau fantôme hante la rue de Varenne.

Le numéro 100 de la rue du Bac est une ogive. Bip vert. La cour, l'escalier, les clés ; seule dans ta chambre, à nouveau le cendrier, l'ordinateur, la macédoine de légumes, le sol jonché de livres et de feuilles volantes. Canicule, tes muscles détruits, et ton ventre qui frôle l'éruption ; tu es en charpie. Les tintements de pas des corneilles, le long des gouttières, t'assourdissent. Les battements de leurs paupières onyx te terrorisent. L'enchevêtrement des façades ; faces, profils et trois-quarts, nuances de gris au dehors, ne sont qu'un seul et même mur, un triste plan unique, sans profondeur ni interstices. Isaac t'écrit sur le téléphone, il te parle trop légèrement, trop gravement, trop facilement, alors que, désarticulée, tu ramasses les résidus de son manège psychotique. « J'ai voulu me jeter dans la Seine, je m'y suis trempé jusqu'aux genoux, mais l'eau était trop froide. Alors, je me suis dit que, quitte à mourir, il fallait que ça se passe dans mon lit. J'ai pris le train. Je ramasse des mégots dans un parc. J'irai au village en stop. » Le ridicule ne tue pas, il torture. Et le pire est encore à venir. Ça, ce foutoir, cette obscénité, cette farce, l'amour ? Tu le hais. On ne joue pas avec la mort. Il continue, alambique, tortionne, tourmente, déforme, défigure : « Tout ça est de ta faute ! Pendant ces quinze années où j'avais besoin de toi, où qu't'étais ? Tu m'as fait poireauter, et voilà le résultat ! ». Il est complètement taré. Le fait-il exprès ? Il se fout de toi. Et il n'a jamais été plus honnête. Il est en train de prendre un plaisir dément à te torturer, à se torturer. Foutu pervers. Innocent-coupable, coupable-innocent. Quelle est cette partition indéchiffrable ? Il te déteste. Il se déteste. Il t'adore. Il s'adore. Il salit tout. Méprise tout. Déchire tout. Et éclaire tout autrement. Il t'oblige à l'incompréhensible. Ou il t'en veut pour quelque chose, et il te le fait payer. Ça ne peut être que ça. Ça te rend complètement folle. Ton intelligence est au stade terminal. Tu voudrais pouvoir vomir ses métastases. D'ailleurs c'est ce que tu essayes de faire présentement. « Je n'ai aucune excuse à part ma souffrance. Je vais plus mal que toi. » Il fait son numéro de martyr post-moderne, la victime artoldienne, et tu te laisses prendre, tu t'autorises à le comprendre, tu crois tout et tu ne crois rien de ce qu'il te dit, et c'est le point précis de l'insupportable. « Je fais des cauchemars atroces. Je voudrais que par magie tu m'oublies quelques jours totalement pour t'occuper de toi. Mes démons me concernent. J'ai honte de te les avoir transmis. Je voudrais être loin en enfer avec eux. » – pourquoi t'écrire sans arrêt, alors ? Pourquoi ne te laisse-t-il pas en paix ? Pourquoi te crible-t-il de la sorte, par des déploiements incessants ? Pourquoi n'est-il pas là à se rouler à tes pieds, à te regarder dans les yeux pour te demander pardon ? Il se moque ouvertement de toi.

Tu es seule, ton crâne démesuré fait vibrer ton block-haus, niveau 13 sur l'échelle de Richter. Isaac ne te parle pas, il te cogne. Il te bombarde de terreur et d'amour ; arcboute la transe de sa lame dans tes plaies. Tyrannie. Chantage. Ça te rappelle un rêve. Un des pires que tu aies jamais fait. C'était exactement comme ça, il te faisait vivre les 120 journées. Torture, volupté, torture, volupté, torture. Schize sadique. L'amour en somme. L'horreur absolue. Et vous disiez vouloir le calme. Exempts de passion. Tralala. Quelle hécatombe. Vous vous racontez bien trop d'histoires.

Tu ne sais plus quoi croire. L'angoisse est une boule à facettes. L'angoisse, c'est du disco. L'indécidable, c'est ton X, ta ritournelle d'obsessionnelle ; deux violoncelles en fugue pour la cause perdue qui est la tienne. Ne te restent plus que les ordres, ma vieille. Anéantie par la souffrance, littéralement, et tu t'accuses d'abord toi-même, comme d'habitude. Et puis ce livre ; son foutu système, Pitesti et le reste. Et tu te rappelles Paulina, Justine. Toutes ces femmes qui te fascinaient, que tu craignais, petite. Virginia, Frida, Dora, Antigone, Perséphone, etc. Liaisons dangereuses. Dante. Le journal du séducteur. Les possédés. Et cetera. T'as lu tout ça, t'avais même pas quinze ans. Tu croyais que la littérature n'aurait pas de conséquences *réelles* ? Qu'elle ne laisserait aucune *empreinte* sur ton existence ? Au lieu de faire la sieste, tu vis dans les livres, clandestinement, depuis toujours – et tu crois que tu n'as rien à voir avec cette foutue littérature ? Idiote, tu ne vois pas la poutre. Tu vois aujourd'hui à quel point elle se consacre – *te consacre*. Et, elle ne te fera pas de cadeau, si tu l'ignores encore, elle te broiera. Si tu veux la littérature, vole-là. Créature, odieux pantin. La réalité est un Rubik's cube syphilitique. Que dis-tu ? Tu délires. Et tu es épuisée. Du calme. Il y a encore beaucoup à raconter. Tu as laissé tomber l'ordre. Tu es aveugle. Tétanisée. Tout est désordre ici vous voyez bien. Excusez du peu. Mais il reste encore pas mal d'éléments à relater, alors. Isaac non-mort. L'hallucination qui se poursuit, en double spirale, passation de psychose, en scopitone verbal. Horte sexuelle. Pourquoi pas. Et 36 degrés en mai. Et ton utérus, matrice d'anté-tonnerre. Tu frémis. Isaac te sature de paroles. « Je ne voulais pas te faire de mal, je ne peux pas, c'est EUX, depuis toujours ». Tu ne comprends plus rien, à cette situation, ses proportions ridicules. Tes raisonnements s'esquintent en illimitations déboussolées, ils s'abattent les uns contre les autres comme des courants marins, comme des plaques tectoniques. Ivres, ils diffractent chacuns de tes repères fallacieux. Isaac dit : « Trop d'amour, Hölderlin, Lacoue. » Qu'est ce qu'il raconte ? Qu'est-ce qu'il vient faire là, Hölderlin ? « Je ne t'abandonne pas. » ; où es-tu ? Tout part en vrille. Tout est démembré. Tout semble vain. Caricature informe. Voici l'humiliation qui pointe, en érection, comme un phallus furibard. « Je suis impardonnable, je ne te mérite pas. J'aimerais être à la hauteur, mais il y a du boulot. Je suis trop abîmé. » Tu parles. T'as pas envie. Tu serais là, salaud. Tu lui en veux à mort, comme elle disait Cilence ; tu lui en veux à mort *de t'avoir mise en colère*. « Les petites chevilles ne rentrent pas dans les trous. » Isaac te manipule, c'est sûr, à mesure qu'il se manipule lui-même. Il te féconde, ce salopard. Perséphone de jaspe égarée dans ses pâturages psychiques ; ton sang est céladon, ton squelette est noir. Xochiquetzal ! Isaac, sphinx cauchemardesque et questionneur ; son énigme te *fabrique*, toi, petit macaque initié. Ouistiti ! Singe philosophal aux yeux pers, ta sudation se passe dans le mazout. Une volute acéphale t'emporte dans un précipité ascendant. « Le mal c'est quand on se prend pour Dieu. » À sa mesure, sa rythmique, tu accordes la tienne, et tu te déchiquètes. Vous vous entraînez mutuellement, pur génie, tambour d'échanges hystériques. Épopée érotologique. Ou rien qu'un ancien réflexe. Un *truc* qui relèverait de l'infini. Tu t'écartèles les neurones de pourtant, pourtant, pourtant. Cette inspection des confins, dans l'instant critique, au solstice du dire, t'épuise tellement. Vous valez mieux que ça, crois-tu. Tu veux la vérité et rien d'autre. Tu veux la bonté. Tu veux le respect. Tu veux la sagesse. Et le *calme* que procurent confiance et clandestinité. Tu veux retrouver vos liens, ta consistance, la sienne. Tu veux retrouver ton fantasme de complicité inaltérable (car il t'a quittée, crois-tu). Sauf qu'empiriquement, c'est plus Sturm und Drang qu'autre chose. Grand beurk. Écueils de la possession. Pas vous ! Tu casses tout. Tu pousses des hurlements dans ta piaule. Tu te coupes. Quand ta mère téléphone. Manquait plus que ça. Elle qui ne t'appelle que deux ou trois fois par an, pourquoi maintenant ? C'est un complot, ils te veulent tous morte. Elle t'annonce cette nouvelle, ta petite sœur arrivera chez toi dans quelques dizaines d'heures. Tu te souviens en avoir vaguement parlé avec elle, voilà plusieurs semaines ; et ton père lui a pris des billets de train, sans prendre la peine te prévenir. Tes parents, quelle fatigue. Débiles, pusillanimes, irresponsables géniteurs. Tout ça, leur faute quelque part. Dans ton état, tu sais que tu seras incapable de t'occuper de ta sœur pendant plusieurs jours. Tu expliques vaguement la situation à ta mère, tentes de lui faire croire que tout cela n'est pas grave, que tu tiens le coup. « J'en ai vu d'autres. » Menteuse, tu n'as rien vu du tout. Rien, personne ne t'a jamais portée à de tels degrés de démence. La conversation est étrange, tu es en colère, mais si lasse, donc très affutée ; tes mots s'élancent comme des poignards aux contours d'une énigme. Ça dure un moment. Tu écris à ton père. Tu pulvérises les errances, les mensonges de tes deux parents en divulguant des vérités acerbes ; vérités que tu n'aurais jamais cru pouvoir formuler de manière si juste, dans un tel contexte. Tes vieux opinent. Tu sais alors que tes mots ont un pouvoir réel. Sagaie, tu te choques. La rage est effective. Tu ne ménageras jamais plus personne.

Tu reprends ton souffle un instant, mais la mère d'Isaac t'appelle aussitôt ; elle tire de sa mémoire de tristes secrets, qu'elle te confie sur un ton de mathématicienne miséricordieuse. Elle te dit que nous les femmes on sera toujours victimes de l'infantilité masculine, et qu'il faut être dures. Vraiment stoïcienne. Elle te conseille de reprendre immédiatement les activités qui t'agitaient avant tous ces bouleversements. Elle et le frère d'Isaac s'occuperont de tout.

Fais ce qu'elle dit. Qu'étais-tu en train de faire ? C'était il y a deux jours, pourtant ça te semble dater de deux siècles. Sur la table, une feuille de papier calque, noircie par le croquis d'un kaléidoscope de voûtes, d'arches et de courbes carrelées ; c'est le restaurant The Oyster Bar, à l'intérieur de Central Station, à New-York. Il y a quelques années, Cilence, Maxx et toi, vous vous y étiez rendus un soir, mais c'était fermé. C'était au printemps. Peut-être un jour férié. C'est un dessin pour Jean, la commande d'une marque de champagne. Ne reste plus qu'à reporter l'esquisse sur le Vélin d'Arches. S'y remettre, immédiatement qu'ils disent. Il ne s'agit pas d'un travail de grande précision. C'est juste salissant. Ça rend l'os du poignet et la paume de la main brillants comme de l'argent. Remets-toi au travail, reporte, machinalement. Cette moiteur. Tu te déshabilles, te passes de l'eau sur le visage ; tu t'assois devant la table rustre, places le calque sur la feuille, saisis un crayon. Sept perles fines dessinent une égratignure translucide aux estuaires béants de tes omoplates. À mesure que tu écartes tes coudes, agites tes mains autour du papier, tes épaules roulent et les gouttes s'abandonnent en bas de ton dos. Tu t'effondres. Tes pensées, leur violence, leur lucidité, leur implacabilité insoluble te foudroient. Indécision perpétuelle, indicible en son fond, et c'est ça le pire. Tes tremblements sont incontrôlables.

Au bout de deux heures, au prix d'efforts quinteux, tu n'as réussi à transposer que quelques lignes. Tu appelles Jean. Tu lui expliques. Tu ne peux pas finir ton travail. Il te donne rendez-vous à l'atelier rue de Clignancourt. Tu n'oses pas lui dire que le monde extérieur est un venin impossible. Tu ne sais pas comment rendre compte de ton état physique, toi-même ne mesures pas la teneur de ces rafales de blessures. Tu tentes de sortir.

Brisée dans le métro, munie de la pochette en kraft contenant le croquis, tu pleures derrière tes lunettes noires. C'est une première. Pendant quelques minutes, la beauté se tient devant toi ; gueule cassée, blond vénitien. Très rare, beauté bizarre. Elle te sourit. Ton pouls s'accélère. Tu lui fais pitié. Un aileron gigantesque a poussé dans ton dos, tes dents sont longues et torsadées comme des cordes navales, ta peau est un canyon de soufre jaune, ton cartilage verdit. Sous les néons du métro, ta peau est un lichen. Elle descend à Châtelet, cette station qui ne donne aucun indice. Tu sors à la station Jules Joffrin ; le manège, les regards, les astres et les ombres te harcèlent. Tu es un peu boiteuse. Tu cavales lentement. Passes par la rue Aymé Lavy. Ce n'est pas drôle. Tu empruntes un raccourci de Jean – tout à fait son style – en traversant un magasin Intermarché dont les issues relient le boulevard Oudinot à la rue de Clignancourt. Ce passage t'amuse d'habitude. Marcher tout droit en fixant le sol, dépasser les silhouettes engourdies, leurs larges fesses et

…eurs paniers de nourritures, silhouettes arpiennes, ou brancusiennes, parfois style Henry Moore ; fascinées par les rayons. Mais aujourd'hui, c'est toi le zombie ; et c'est toi qui les fascines, dans ta ruée dichotomique. C'est consternant.

Rue de Clignancourt. Odeurs de haschich et de beignets de poissons, de sueurs et de matières en décomposition.

Tu ne pleures plus depuis quelques minutes, car tu concentres toutes tes forces sur tes mouvements. Taper les codes pour entrer. Tout est insurmontable. Gravir les six étages te prendra dix longues minutes. Peut-être davantage. Toi qui montes toujours les marches quatre à quatre, même épuisée. Chaque étape, entrecoupée par les convulsions, l'irrésistible besoin de crier, ou la paralysie, tout cela prend un temps fou. Arrivée au sixième, devant la porte de l'atelier, tu te composes un masque. Toc knock fébrile.

Jean ouvre la porte à son abeille spasmodique. Il lève un sourcil inquiet, derrière les deux cerceaux d'écailles capucines. Dans son dos, une suspension au design cybernétique tangue – il manque deux ampoules sur six – tu aperçois les dos reliés d'une centaine de livres anciens ; colonnades de cuir blanchâtre, nacrées comme des coquilles ; elles te donnent une caresse sur le front. En rentrant, tu tires de là un volume de Stendhal, le tome II de l'*Histoire de la peinture en Italie*. Tu l'ouvres au hasard et tu lis : « Dès lors que nous sommes loin de la nature, l'art prend un langage de convention, et tombe dans le froid. » Tu te dis que c'est de la flûte, qu'on ne peut qu'être loin de la nature, que l'art et le langage ne sont que froides conventions. Qu'on ne peut connaître que le froid. Tu dérailles. Tu essayes de paraître détachée de tout, comme il fait toujours, Jean. Inutile de faire semblant. C'est pas dans tes cordes. Tu ne comprends même pas ce que ça veut dire. Isaac t'a bien expliqué qu'on n'avait jamais d'autre choix que de faire semblant, qu'on ne pouvait même que « faire semblant de faire semblant ». Il est tellement agaçant. Il a raison sur tout. Tu le détestes. Jean t'apporte un coca sans whisky. Te dit de t'asseoir sur le fauteuil – un vieux machin rarissime et très raffiné comme Jean les aime – l'exact contraire du fauteuil à roulettes en plastoc du condé. Entre les deux, tu n'es pas toujours sûre de savoir ce que tu préfères. À mesure que tu racontes, tes sanglots ressurgissent, dévoilent à Jean l'essentiel : cette mise en scène aberrante ; tout le mal qu'il t'a fait. Tu lui fais lire cette lettre, envoyée par Isaac la veille, probablement dès son arrivée au village (tu l'as trouvée dans la boîte en retournant chez toi tout à l'heure. L'as lue en montant les étages. C'est elle qui t'a transformée en terminator.) Ton suicidé d'albâtre s'y traite de minable, te dit qu'il ne mérite pas ton amour, qu'il faut que tu le laisses tomber, qu'il n'en vaut pas la peine, et qu'il faut que tu prennes soin de toi, « pour sauver le peu qu'il reste de bien et de miraculeux dans notre amour ». Il est fortiche ton salaud. Il a raison. Ces élucubrations t'ont mises hors de toi, comme escompté.

Jean admirerait presque son honnêteté, mais il te conseille de le fuir, bien sûr. C'est pour ton bien qu'il dit. Il ne profère aucun jugement au sujet Isaac ; ne parle que de ton cas. Ton cas qui est inséparable du sien. Jean est pour toi tantôt comme un mentor, tantôt comme un autre père à qui tu peux tout dire, tu dois lui divulguer le secret que la mère d'Isaac t'a confié. Ce secret, tu sais qu'il en fait lui aussi l'expérience : son épouse le lui fait vivre. « C'est trop dangereux, si tu continues cette histoire, ta vie va être un enfer. » Jean te demande si tu l'aimes vraiment. Ton oui est un totem. Jean dit : « Rien n'est grave. Si tu l'aimes vraiment autant que tu le dis, tu dois le quitter, et te sauver, prendre soin de toi comme il dit. Tu ne peux pas accepter ce qu'il t'a fait ; ça continuera, ça et tout le reste, alors tire-toi de là, et tout de suite. Ça te prendra beaucoup de temps, mais un jour, pensant à lui, tu ne sentiras plus rien. Ça semble aberrant, je sais, quand on aime quelqu'un à ce point, mais c'est vrai. On s'accommode de tout. Écris-lui une lettre, concise ; donne toutes ses affaires à l'un de ses amis ; récupère la clé de chez toi ; et oublie toute cette histoire. Sauve-toi maintenant, Vivianne, sois courageuse. »

Silence dans l'atelier. Tu n'y entraves, mais alors, *rien*. Ou tu ne *veux* pas. On sait que rien de tout ça n'est possible. Parce que rien de tout ça n'est rationnel. On a tous beau savoir, on fonce droit dans l'amour. (Isaac te répondrait : « oh, tu es bien délicate, tout à coup. »)

Effroyable, ce conseil de Jean, cet appel à une froide, à une cynique mécanique de distanciation. « Pour ton bien ». L'indifférence est la grande incubatrice de la souffrance. L'indifférence est impraticable. Idéaliste, tu veux croire que l'amour existe. Tu y as trop cru avec Isaac. Ça ne peut être que ça. Cette révélation. Cette force. Ce lien insondable. Ça ne peut pas ne pas être, non. Inutile de le fuir, tu reviendras, tu ne peux pas te passer de lui. Tu ne peux pas te passer de *ça*. Tu sais que Jean a quelque part raison. Tu le lui dis. Tu promets d'essayer de faire ce qu'il te dit, tout en avouant t'en sentir incapable. Tu as honte d'être si têtue. L'entêtement, c'est l'architecture des conneries. Tendue comme un arc, tu t'immobilises. Le soleil mouchète par endroits la grande peinture sur soie coréenne, portrait d'un lettré quatre fois centenaire ; dans l'ombre, sa surface est indistincte, des ocres boueux dorment piteusement ; mais à la lumière se révèlent motifs et teintes fraîches, les rayons dénoncent les illusions grisâtres, le marécage est en fait turquoise, améthyste, carmin. Le marécage n'est qu'un phénomène désœuvré.

Dans l'atelier, tout est en ordre, minutieusement agencé, espacé, comme d'habitude. Chaque objet, sa place, ont été soumis à évaluation stricte par Jean. Comme un enfant, il aime passer son temps à déplacer ses trucs, ses bidules en ivoire, acacia, résine, céramique, laque, porcelaine, cristal, terre, coquillage, peau, papier, encre, charbon, corail, tissu, métal, écorce, plume ; les faire se rencontrer, se raconter les uns aux autres, de civilisation en civilisation, de siècle en siècle, de continent en continent, de main en main, de monarques en paysans, de vétilles en merveilles. Jean l'esthète, Jean l'espiègle, le garnement chic, et sa jolie assistante, fêlée, prolo, ultrasensible, embarrassée par ses dons, « pétrole inné » selon les dires, les yeux toujours bouleversés ; un drôle d'oiseau viscéral.

Tu as fini de lui raconter, la lettre, les deux précédentes nuits, les explications retorses – pour ne pas dire foireuses, qu'Isaac t'a données. Il ne reste en toi que très peu, à présent la seule colère t'inocule, te néantise. Toute cette douleur *pour rien*. Te voilà piégée par l'hystérie. Folle de rage, folle, délaissée par Isaac, tranquillement occupé à se morfondre, assis en tailleur, à l'ombre d'un noisetier, à se rouler une cigarette, un beau livre sur les genoux ; pendant qu'entre tes crises invétérées, tes pépiements d'hirondelle à l'agonie, tu tentes de t'en remettre, en parlant à Jean. Voici Vivianne. Corail fané bégayant aux abords d'une catastrophe éruptive. Transie de chagrin. Traumatisée. Bêtement amoureuse. Prête au pire.

Jean propose de poursuivre la discussion autour d'un verre, au Café serbe qui fait l'angle. Il sait bien à quel point tu aimes Le Cosmos. Dans l'escalier, à chaque étage, Jean échange les paillassons des habitants de l'immeuble. Il échange même ceux qui semblent en tous points identiques. Tu redonnes signe de non-vie : tu éclates de rire. Un rire aigu, inquiétant. En sortant de l'immeuble, vous croisez un géant, bossu et manchot, en tenue de jogging. Ça ne rate pas, Jean dit : « Tu préférerais être ce type ? Un petit moignon, ça te dirait mieux ? » Ça te fait rigoler. Tu dis que oui, ça te dirait mieux, ce mec a l'air tranquille, lui. Il semble nettement moins con que toi.

Au Cosmos, tu commandes un verre de vin blanc, Jean prend un whisky coke. Tu regardes la fresque indigo qu'explore la figurine charmante d'un cosmonaute en aluminium. Tu pleures. Derrière le comptoir en formica, un vieux poste de radio crache les complaintes d'un violon tzigane. Les ouvriers yougoslaves, beaux comme Sharunas Bartas, te couvent de tendres braises d'amandes bleutées. Le Cosmos est un de ces cafés où l'on peut encore rêver un tout petit peu. Jean dit : « L'art ne fait de mal à personne. » Tu ne sais pas. Tu ne sais plus rien. Encore un autre verre, puis vous remontez à l'atelier. Tu as déjà meilleure mine : une mine alcoolisée. Jean dit « j'ai un travail pour toi ». Il te tend un grand tournevis, et un marteau. Pas des pinceaux ? Ton bras supporte à peine le poids des outils. Jean désigne le congélateur. « La porte ne ferme plus, il faut qu'on enlève toute la glace. » Tu ris nerveusement. (Tout se tient dans le sarcasme.) « Tu ne t'attendais pas à ça, pas vrai ? » Tu comprends sa manœuvre. Il t'offre une diversion. Pendant deux bonnes heures, tu disloqueras des blocs de givre. Au début, tu peines à ne serait-ce que bouger les bras (cette dissolution de tes muscles t'intéresse toujours un peu trop), accroupie, tu titubes et tu trembles ; puis en te forçant, à piquer, à taper, stratégiquement, au bon endroit, au bon moment, ta chair se reforme, ton cerveau se remet à fonctionner ; tu y prends goût. Furieuse contre la glace. Furieuse contre toi-même. Ta bêtise. Ta convoitise, ton hypocrisie, ton amour, ta foi ; en boucle d'Ockham. Tu hurles, tu ris, tu pleures ; tu te caricatures, en général ça améliore ton état, l'autodérision ; puis Jean te fait danser comme une goyo sur « *la isla bonita* », ce morceau inhumain des années 80 ; et te fait rire encore : il fabrique des boules de « neige » avec la glace du congélateur et, depuis le balcon, les lance sur les têtes des passants ahuris par la torpeur. Immaturité salvatrice. Jean te donne de l'argent pour ce travail que tu n'as pas su exécuter correctement. Trois fois trop d'argent, mais tu n'as même plus la force de culpabiliser. C'est dire. Vous quittez l'atelier. Il t'offre une robe, un long dais de soie bleu nuit, qui te donne des airs impériaux et antiques.

Un taxi te fait traverser la Seine, maculée de poisse. Puis, tu t'offres encore autre chose : un geste pour un autre. Tu colmates, déséquilibres ta haine de toi-même, comme tu le fais d'habitude : en donnant des mots ou des choses à quelqu'un. Tu te souviens de ces chandelles que tu as toutes faites fondre chez Antoine. Tu entres dans une épicerie et demandes « c'est où les bougies ? » « Combien vous en faut-il ? » Sans trop savoir comment, tu penses à Antonin Artaud – t'es pas une spécialiste (tu supputes que personne ne peut tout à fait l'être), mais t'en as lu pas mal, et puis tu as vu ça dans un bon documentaire, sur ubuweb, ça t'a marquée, tu avais même fait une capture d'écran de cette page de cahier, qu'il avait lacérée de ces mots : « 50 dessins pour assassiner la magie. » – et donc tu en prends cinquante. Tout comme ça. Hommages à la sauvette. Trois fois rien qui pèse lourd. Tu te rends à la poste, demandes un carton à une femme obèse et cramoisie par les coups de soleil ; mets les cinquante bougies dans le colis, avec une note : « *cinquante bougies pour assassiner la noirceur . Merci Luce.* » ; et expédiez-moi ça rue de l'École-Polytechnique, s'il vous plaît ma bonne dame. La poste ferme. Le soir tombera bientôt. Ta bouche hagarde. Tu ne tiens plus debout. Tu ne peux plus rien subir du dehors. Tu es toi-même trop polluée, tu te sens comme une dune de déchets nucléaires. Tu achètes de l'alcool, que tu ne boiras même pas. Ça va vraiment très mal. Il est temps de rentrer au blockhaus. Arthur t'écrit : « Repose-toi, ma très forte. Pense à toi. Lis, écoute de la musique, dors. » Te voici dans ton phare, tu tentes de suivre le conseil d'Arthur, et pas avec n'importe qui, avec Mozart. Isaac t'avait dit : « Je t'aime comme on respire Mozart. » Mais aujourd'hui Mozart est irrespirable. Inaudible. Mozart zéro. Tu tentes de lire Rimbaud. Isaac t'avait dit qu'avec toi, il avait l'impression d'être Verlaine avec Rimbaud. Rimbaud illisible. Rimbaud zéro. Tu es à bout, de forces et de mots. Tu ne comprends plus rien. Tu ouvres l'ordinateur. Tu lances le logiciel de traitement de texte. Une page blanche se présente. Dans l'obscurité, happée par son seul halo, tu entres : « La lumière est traumatique ».

Quelques dizaines de pages, quand l'aurore vient te surprendre.

Tu prends conscience de la transe désespérée qui fut la tienne toute la nuit. Poussive, mais qui n'avait jamais été. Ta fureur redouble juste avant l'aurore. Tu tressailles. Qu'est-ce que ces heures ? Qu'as-tu dit ? Ces phrases, par qui ont-elles été écrites ? Isaac ou toi ? Tu regardes le soleil se détacher paresseusement de la laideur ; au coin de ton œil, sa lumière se cristallise dans une goutte d'eau ; elle t'irradie d'émotions coupantes ; la bleuté tiédit ; les pétales des iris outremer s'entrouvrent. Isaac vit. Et tu es seule. La revoilà, en grâce, la haine. Ta haine est torride. Elle te rend forte. Elle t'embellit. Ta beauté est torride. Dans quel état il t'a mise! Il t'a faite écrire. Il l'a fait. Il te reste encore quelques forces. En quelques minutes, tu lui écris une lettre.

« Cher bonze en toc,

Ne compte pas sur moi pour faire dans l'élégance – je ne retirerai aucun adjectif – il est plus de six heures du matin, j'ai écrit toute la nuit comme une loque en furie pour transformer mes affres en merveilles bizarres. Tu ne mérites plus aucun effort de ma part. Tu as trop abusé de ma dévotion. Tout dès l'envoi était absurde. Cela suffit. Ton cœur est de pierre, mais il n'a rien d'innocent. Tu te trouveras une femme riche et soumise – puisqu'au fond c'est bien à cela que tu aspires : la tranquillité médiocre d'un petit bourgeois misogyne – qui t'aimera pour de toutes autres raisons que celles qui fondent mon amour pour toi ; et tu t'en porteras très bien, et même mieux. Tu sais à quel point tu es cynique, au fond. Tu ne crois en rien. Tu ne respectes ni tes amis, ni ta famille, ni tes pères, ni ton fils, ni la parole même. Tu mens à tout le monde. Rien d'autre ne compte pour toi que ton petit confort grotesque. Tu ne mérites pas mon respect. Tu l'as prouvé dans les faits. Je me suis laissé aveugler trop longtemps par ton baratin. Tu es odieux. Le pire coule dans tes veines. Je ne te laisserai plus me piétiner comme tu le fais depuis le début. Tu avais promis de te retirer, dans le cas où tu m'apporterais plus de souffrance que d'extase. Tu n'as pas tenu ta parole, une fois de plus. Tu te moques de moi depuis le début. Tu n'as aucun amour pour moi, ni aucun respect. Combien de fois me l'as-tu démontré ? Tu ne sais pas ce qu'est l'amour. Tu ne sais pas aimer. Tu ne sais même pas jouer avec l'amour. Tu ne sauras jamais. Mon cœur et mon corps sont en ruines. Tu me cribles de doutes depuis trop longtemps. Tu m'as trop humiliée. Tu dis que tu n'es pas égocentrique, mais égoïste. Comment peux-tu soutenir une telle ineptie ? Imbécile. Tu ne peux pas te faire face et tu le sais. Tu es un lâche. Tu dois aussi te faire soigner. Tu dois réapprendre à écrire. Ne vois-tu pas que si tes derniers textes ou articles n'ont pas été acceptés, c'est parce que tu n'es plus capable d'écrire ni de penser justement, avec la grâce qui fut la tienne, lorsque tu avais encore quelque honneur et quelque loyauté envers tes dons ? Tu t'es déchu de toi même, ridiculisé à force de convoitise et de mesquineries. Comment as-tu pu te perdre à ce point ? Tu es submergé par tes hypocrisies. Ta mégalomanie stérile, la totalité de ton dégout, ta cruauté ont fait de ta personne et de ta pensée un marasme. Ton charme, ta puissance de séduction ne suffisent plus, pour personne, tu le vois bien. Jamais je ne m'étais abaissée à tant de méchanceté, mais après les récents évènements, et surtout, la légèreté avec laquelle tu as usé des mots pour les légitimer, quelque chose me dit qu'il le faut. Tes paroles ne valent rien si tes actes les démentent. Je ne supporte plus que tu souilles ainsi la parole. C'est aussi par amour et par amitié pour toi que je te dis tout cela de manière si abrupte, volontairement exagérée : tu dois réagir, cesser *d'être si ingrat, si haineux, si injustement tyrannique, si tu veux retrouver l'homme magnifique que tu as été, que j'ai connu à certaines heures, et que tu veux être à nouveau. Il n'est pas trop tard. Tu dois te reconstruire une dignité. Il y a beaucoup de travail, mais tu peux y arriver. Alors, tu seras héroïque. Cet homme je l'aperçois encore. Je l'attends. Mais tu dois demander pardon et tu dois agir, changer nombre de tes comportements. Tu as fait trop de mauvais choix. Ta stratégie est pourrie, ta soi-disant éthique n'est qu'un spectre. Tu ne dois plus abandonner ton fils ! Minable comme tu le dis dans ta lettre, cette aberration. Tu dois aussi cesser de flatter les autres comme tu le fais, sournoisement. Tu ne dupes que les crétins anémiés dans mon genre. S. l'a bien vu, d'ailleurs. J'ai été effarée par son diagnostic à ton sujet, par sa clairvoyance sur toutes tes petites manœuvres courtisanes. Tu vas finir comme Nietzsche, l'honneur stylistique intact en moins, et très vite, si tu n'y prends pas garde. Retrouve ton style ! Regagne l'estime de tes amis, de tes pairs, par le travail. Respecte vraiment les femmes. Ne tolère plus toutes tes bassesses. Respecte-toi. Il y a un tel gouffre entre tes énoncés de principe (qui ne sont pas ta pensée : celle-ci est pulvérisée par chaque fait que tu mets au monde) et tes actes, ou plutôt tes non-actes. Tu ne vis que pour toi-même. Tu ne sais pas vivre pour toi-même avec les autres. Tu répands tant de souffrance autour de toi, pour assurer ta survie d'arapède. Ne le vois-tu pas ? Tu n'assumes pas qui tu es. Tu occultes le prix de tes frasques. C'est un scandale et une insulte à ta propre philosophie. Tu es un lâche. Tu m'as utilisée, tu ne m'as jamais aimée. Ta mauvaise foi est ta seule vision, ton seul point de fuite. Aussi, je m'attends à recevoir en retour de ces mots enragés bien des calomnies. J'en ris d'avance.*

Je voulais te donner ma vie. J'étais prête à tout pour toi. Je voulais mourir dans ton lit et dans tes vieux bras au cours d'une nuit d'été. Je crève d'amour pour toi. Je te veux. Je t'adore. Mais comment continuer ainsi, sans confiance, et voyant que toi tu n'étais prêt à rien céder pour me faire, pour nous faire de la place ? Tu obstrues tout possible. Tu réduis en cendres chacune de mes tentatives. Je ne peux plus me laisser traîner dans ta fange de simili-clephte. Il en va de ma dignité, tout simplement. Ce sera très dur, très long, mais dans dix, vingt, trente ans peut-être, je m'en remettrai. Je ne peux plus continuer ainsi, ou je perdrais toute estime de moi-même. Tu m'as déjà bien entamée. Je ne sais plus quoi inventer pour m'aveugler. Je suis éreintée. Tu m'as vampirisée, envahie, embrouillé l'esprit. Tu as été d'une ingratitude et d'une perversité infâme à mon égard et à l'égard de bien d'autres. Je t'ai tant donné. Je n'ai reçu que des coups en retour. Je te hais, scélérat. Va bien te faire enculer. Tu es une pute, mais pas de celles que je respecte.

Salut Isaac. Bon vent.

Viv

P-S : Tu récupèreras tes affaires aux objets trouvés du VIIᵉ. Ça te fera les pieds, salaud.

Tu n'envoies pas tout de suite ce pathétique marasme verbal ; tu ne crois pas entièrement à tout ce dont tu l'accuses – tu ne veux pas – peut-être n'as-tu écrit cette lettre que sous l'influence d'Antoine ou de Jean. Après tes invectives, tu te mets à réfléchir plus calmement, tu penses que son ingratitude, sa malignité, ce n'est peut-être que sa douleur. Son savoir. Ses silences, leur autorité dont tu parlais, sous le coup de l'incompréhension et de la colère, et s'ils ne relevaient que de la pudeur, du désespoir, et de la honte de se savoir incurablement malheureux et inapte ? « Pas à la hauteur. » S'ils n'étaient en aucune façon fabriqués par lui, ses silences, mais que c'était plutôt lui qui était fabriqué par eux ? Victime de son mal, la douleur le rend absent, atone, et parfois, comme c'est ici le cas, cruel et fou. Tu remarques alors, sur la table, un bout de papier annoté, comme il y en a partout chez toi. C'est quasiment illisible : « Je suis devenu la proie d'un mensonge inavouable, la proie toute passive d'un *dégout* et d'une *honte,* et c'est atroce parce que je savais et continue de faire comme si de rien n'était. Sans même refermer les yeux. » C'est ton écriture, mais ça ne peux pas être de toi, ça vient soit de lui – ça y ressemble, à l'un de ses messages envoyés par centaines comme de la mitraille ; que tu aurais recopié – ou alors ça vient de quelqu'un d'autre. Tu ne sais pas. Si, ça doit être de lui. Peu importe. Ces mots te bouleversent. Vos souffrances se ressemblent tant, pourtant, elles ne peuvent se soulager l'une avec l'autre. Et ce savoir t'accable. Votre *avec* est si fragile. Pourtant, il te protège, te donne une force inouïe. Sans Isaac, tout était pire. Pourtant, tu veux l'insulter, l'ébranler, le désarçonner plus qu'à son tour ; devenir crétine, vulgaire, méchante comme lui. Ton âme est un désert de neige industrielle. Plus rien ne peut t'élever au-delà de ton orgueil. Tu veux désespérément te défendre contre l'humiliation. Tu sais très bien qu'il ne te croira pas une seule seconde capable de le quitter. Tu ne peux que l'envisager. Ou le lui faire craindre, mais à peine. Il sait que tu ne peux aimer que lui, et que tu ne supportes jamais ta discipline *ascétique* bien longtemps. L'ascèse te fait dépérir, hélas. Tu es trop corrompue. L'hygiène te rappelle trop la moisissure. Et ton camarade le sait aussi bien que toi : vous êtes inséparables. Mais tu veux lui faire comprendre ce qu'il t'a fait subir, ce *mal* qu'il t'a *transmis.* Alors, œil pour œil, dent pour dent ; rendre les blessures. Tu le décevras, tu aviliras la parole, tu seras effrayante d'idiotie, de grossièreté, d'injustice, d'ineptie, de délire – de *souffrance* – tu feras tout et son contraire, tu feras tournoyer le sens de tes déclarations et de tes actes comme un cyclone ; tu ôteras le mors à toutes tes obscurités ; tu cracheras sur la justesse, sur ton honneur. Tu seras obscène. Torpille inutile. Tu as perdu la tête. À présent, cette lettre te rend joviale. N'est-ce donc qu'un jeu ? Un jeu insensé. Tu penses et écris tout ceci à mesure que le jour et ta folie tendent l'un vers l'autre. Le pire est à venir. La chaleur. Le sang.

Viol ; injustice ; colère tourbillonnante. Tout t'échappe. Tu es sur le qui-meurt. Tu craques une allumette. Isaac et toi, que des cendres. (*Quoi* ?) Mais les cendres signifient quelque chose. Goûte-les, entends-les donc, fais confiance à leurs murmures. Tords le fil de ton itinérance. Reconstitue. Destitue. Mort créatrice. Transforme.

Vous deviez vous protéger l'un l'autre. De vous-mêmes, des autres. Vous êtes si dangereux. Si amoureux. Si semblables. Vous deviez faire l'amour comme pas d'autres. Vous aviez si bien commencé. Supposés fidèles aux vérités, chargés de représenter l'espoir. Vous deviez vous élever ensemble. Tu parles. Baratin, camelote. Tout est foutu à présent. Indignes de vous-mêmes. Vos prétentions. Vos faiblesses. Pas un pour rattraper l'autre. Du chiqué, l'amour. Ruines, et au rabais. C'est structurel. L'usure. Tu lui avais dit, au tout début, alors qu'il promettait de te protéger, sans que tu lui aies d'ailleurs rien demandé, « personne ne peut protéger personne ». Tu ne peux rien tolérer de ce que tu profères en ce moment. Cette hécatombe te révolte. Tu ne sais qu'en faire. Ne trouves aucune voie vers le recul. Furieuse.

Isaac. Cette mise en scène insensée. Quarante-quatre ans. Un gosse. Un égocentrique. Un ingrat. Un lâche. Un homme.

L'homme de ta vie, croyais-tu. Quel gâchis. *Il* a tout gâché. Il t'écrit : « Je veux que tu sois fière de moi et je ferai tout pour. Parole d'homme. » Tu te marres. Tu commences à croire qu'il l'a fait exprès. Comment peut-on être si inconscient, si cruel, si mauvais ? Comment peut-on se comporter de la sorte, *avec une femme* ? Une femme qu'on prétend aimer. Il cherche un moyen de se débarrasser de toi. Cette lettre. Cette laideur. Cette nullité. Ces phrases ridicules, ce récit oiseux, qui ne peut d'ailleurs même pas prétendre au récit. La réalité a perdu tout son sens. L'amour ne veut plus rien dire. Que la chicane. Maintenant, que faire de ce chaos ? Comment rectifier ? Comment pardonner ? Quelle justesse ? Quelle grâce ? Quel respect ? Quelle morale ? Quelle confiance ? Quels possibles ? Quelle joie ? Perdue, sans repères, plus aucun, tu tentes de te rassurer : « tout ça n'est rien qu'un jeu ».

La facticité craque de toutes parts. Elle éclate au grand jour. C'est notre grand œuvre. Qu'avons-nous fait ? Intolérable vérité : la vie fiduciaire. L'infini. L'imaginaire. Tout ce qui rend fou de tristesse.

Tu penses à Paul Valéry : « *En somme, tout pouvoir est exactement dans la situation d'un établissement de crédit dont l'existence repose sur la seule probabilité (d'ailleurs très grande), que tous ses clients à la fois ne viendront pas le même jour réclamer leur dépôt.* »

Mercredi après-midi. Tu n'as pas pu fermer l'œil. Suante, tu écoutes TSF Jazz. Il semblerait que tu ne puisses rien écouter, hormis le jazz. Tu es allongée par terre sur ton petit balcon. Tu fais brûler ta peau au soleil.

Ils diffusent un morceau de Poncho Sanchez, *Afro cuban fantasy*. Il te plaît bien. Tu l'envoies à Antoine. Ça lui plaît bien aussi.

Tu as du mal à stabiliser la fréquence. Lorsque tu touches le poste, ça s'arrange, mais si tu substitues un objet à la place de ta main, les grésillements résistent. Curieux, comme la radio réagit aux ondes des corps, mais pas au contact des objets. Les ondes radiophoniques sont-elles une matière vivante ? Plus vivante que toi ?

Louis Amstrong chante :

« *There were three children from the land of Israel*
Shadrack, Meshach, Abednego !
They took a little trip to the land of Babylon
Shadrack, Meshach, Abednego !
Nebuchadnezzer was the king of Babylon
Shadrack, Meshach, Abednego !

He took a lot of gold, and made an idol
Shadrack, Meshach, Abednego !

And he told everybody, 'when you hear the music of the
trombone.'
And he told everybody, 'when you hear the music of the
clarinet.'
And he told everybody, 'when you hear the music of
the horn.'
You must fall down and worship the idol !
Shadrack, Meshach, Abednego !

But the children of Israel would not bow down !
Shadrack, Meshach, Abednego !
Couldn't fool 'em with a golden idol !
Shadrack, Meshach, Abednego !
I said you couldn't fool 'em with a golden idol !
Shadrack, Meshach, Abednego !

So the king put the children in the fiery furnace
Shadrack, Meshach, Abednego !
Heaped on coals and red-hot brimstone
Shadrack, Meshach, Abednego !
Eleven times hotter, hotter than it oughtta be !
Shadrack, Meshach, Abednego !
Burned up the soldiers that the king had put there
Shadrack, Meshach, Abednego !

But the Lord sent an angel with the snow-white wings
Down in the middle of the furnace
Talkin' to the children 'bout the power of the Gospel
Shadrack, Meshach, Abednego !

Well, they couldn't burn a hair on the head of
Shadrack, Meshach, Abednego !
Laughin' and talkin' while the fire jumpin' round
Shadrack, Meshach, Abednego !

Old Nebuchadnezzar called 'hey there !'
When he saw the power of the Lord
And they had a regal time in the house of Babylon
Shadrack ! Meshach, Abednego !
Oh, Abednego !! »

Traverser sans se brûler. En bonne obsessionnelle, tu tentes de comprendre la situation, percevoir ses ressorts invisibles. (Pendant ce temps-là, tu te dépenses en gestes plus brusques les uns que les autres, tu désherbes, récures les surfaces, même les murs, éventres ton courrier. Tu es un peu ridicule. Tu détricotes tous les évènements que tu peux détricoter. Tu es méthodique, tu envisages tout, escamotes tout, reconstruis tout. C'est physiologique. Tu te rappelles les films d'Isaac, ses auteurs. Tu échafaudes des hypothèses à partir de ses fondations à lui ; exhumes les fossiles de ses mutations originelles, ses molécules affectives. Les fondations, voilà qui en dit long. Ses films : ExistenZ ; le vampire philosophe, Christopher Walken dans *The Addiction* ; l'ange exterminateur, Richard Burton dans *Boom*. Ses auteurs *:* Lovecraft, Lautréamont ; Artaud ; Selby ; Faulkner ; Beckett, Blanchot, Bataille, etc. Ses philosophes : Schopenhauer ; Nietzsche ; Schürmann ; Lacoue-Labarthe ; Adorno ; Kojève. Tout ça *crise* sévère. Impressions d'enfance. Déflagrations de jeunesse. Traumas. Cicatrices. Voici Isaac. Et toi, tu ne vaux pas mieux. (Tu te remets en rogne.) Et tu as été bête, oui. Tu n'aurais jamais dû tomber dans son piège. Hypocrite. Ignorante. Dupée par ta propre niaiserie. Tu n'as jamais eu que de la haine pour l'amour. Tu avais bien raison de te méfier. Tu n'aurais jamais dû baisser tes gardes. L'amour, ses miracles objectifs. Comment as-tu pu croire à une telle ineptie ? Comment as-tu pu désirer pareille chimère ? Comment as-tu pu attendre quoi que ce soit d'un homme ? Toi, avec ce que toutes tes expériences t'ont appris d'eux ? Pourquoi n'es-tu pas *avec elle* ? Tu t'attendais à ce qu'il te chérisse, de bonne grâce, sans que tu le lui commandes ; et voilà le résultat, c'est lui qui s'était servi de toi. Tu es grotesque. Cette mascarade intolérable. Tu l'aimes. Quelle horreur que toutes ces pages, quelle vulgarité, quel ennui même! Il te l'avait dit : « tu prends *tout ça* beaucoup trop au sérieux ». Tu ressasses. L'amour, comment as-tu pu croire qu'une telle chose existait, entre *vous*, Isaac, toi ? Tu comprendras plus tard que ce qui vous lie n'a rien à voir avec l'amour, l'amour comme on l'entend. Il n'y a que la folie pure, incubée par vos souffrances, vos solitudes et vos libertés *trop* grandes. Isaac te l'a dit, très justement comme à son habitude, dans sa lettre : « Les seules choses qui s'enlacent sont les souffrances. », et il avait raison, comme d'habitude, et « c'est la guerre civile », comme il te disait encore. Isaac, homme impardonnable, te noie dans une douleur humiliante.

Ta raison n'est plus qu'un cadavre, et tu te rappelles, écrivant ceci, une phrase de son dernier roman, écrit à l'âge de vingt-deux ans. Tu vas chercher le livre en question dans ton capharnaüm, tu l'ouvres, et tombes directement sur la bonne page. Cela t'arrive si souvent que tu commences à croire que les livres peuvent entendre ce qu'on leur demande, et que, pour se rendre plus serviables, ils nous jettent des sorts, pour nous aider à trouver ce que nous cherchons, ils s'ouvrent là où il faut, quand il faut – je suis sûre de n'être pas la seule à croire ça.

Cadavre donc, la page dit : « *La séduction n'étant rien qu'une manœuvre de drague au sens où l'on drague un canal, à travers les pollutions et jus d'égout, pour trouver quelque cadavre – le cadavre étant par excellence ce qu'on désire chez quelqu'un, son cadavre en vie, de même que j'avais longtemps cherché en E. sa dépouille fœtale animée, un E. qui me serait intégralement profitable, loisible, donc mort en tant que tel, en tant qu'être personnalisé et différencié de moi, mais vivant quand même en tant qu'organes pulsants et quartiers de viande palpitante dont je jouirais à loisir – des chairs encore douées de conscience, mais une conscience totalement soumise à mes appétences, un esprit*

corvéable à merci, réglé sur la seule fréquence que je vou-
drais et ne fonctionnant que dans mon intérêt ; en somme
un cadavre en vie, et la séduction n'est que l'épreuve de
force entre deux partis dont l'un ou l'autre saura réduire
l'adversaire à l'état que je viens de dire. »

Tu te reconnais dans cet état aujourd'hui, avoue. Toi ! Tu
es devenue prodigieusement paranoïaque. Tantôt lucide,
tantôt confuse, tu es maintenant certaine qu'Isaac ne
t'initie à rien d'autre qu'au trouble pur, qu'il ne te veut
aucun bien, seulement hypnotiser ton intelligence, jouer
avec ta stupidité, te désubjectiver irrémissiblement, pour
faire de toi ce qu'il veut, son objet « corvéable à merci » –
comme il le fait depuis toujours, avec tout le monde – et
tu l'as toujours su, et tu t'es laissée faire. Vampire. Para-
site. Destructeur. Tyran. Démiurge. L'homme dans ce
qu'il a de pire. Depuis le début, Isaac martyrise ta fragilité, ta confiance ; méthodiquement il les mutile et exulte
de te voir encaisser les coups que ta propre ignorance te
porte. Tu ressasses. À présent, tu ne vois plus l'homme
Isaac, tu ne vois qu'un démon sadique. Aux avant-postes,
il teste ta résistance, il t'attend, il zieute. Et toi, tu y vas,
nymphomane bizarroïde, kamikaze somnambulique, tu
comprends tout et tu ne comprends rien. Tu crains de
tout comprendre et tu crains de le craindre.

Peut-être sens-tu, confusément, que tu vas trouver
quelque chose. Du courage ? La vérité ? Tout le monde le
pense, ce qu'il te fait subir est inacceptable. Tout le monde
te dit de le fuir. Garde tes distances. Débarrasse-toi de
lui. Respecte-toi. Sauve-toi. Sois raisonnable. Prends soin
de toi. Conseils d'amis. Amis qui ne savent rien de ta
solitude. Ni de ta dangereuse soif d'aventure. Tu ne peux
pas tourner les talons. Il ne savent pas. Tu sens que tu vas
trouver quelque chose. Regarde. Cherche. Pense.

Et dire que les bourgeois du sentiment existent. Les
fonctionnaires du désir. L'amour n'a rien à voir avec la
raison, on apprend ça avant même d'apprendre à lire et
à écrire. L'amour n'a rien à voir avec le confort matériel.

Ici c'est de confort spirituel, existentiel, et donc aussi physique, sexuel, dont il s'agit. C'est le confort précaire de la grande liberté. L'amour est incorruptible. L'amour est quantique. C'est un cosmophore. Et toi, tu procèderas comme tu en as l'habitude, tu paraîtras stupide, parce que combien plus lucide ; et tu paraîtras dangereuse, pour toi, pour eux, peut-être, surtout : parce que tu seras intègre.

Et tu trouveras quelque chose.

Tu ressasses. Cette histoire sordide. Tu hais Isaac. Il te dit qu'il t'aime. Bien sûr qu'il t'aime. Jusqu'à l'insupportable. Il a osé te faire souffrir. T'a faite sortir de tes gonds. N'a pas joué le jeu. T'a manipulée, t'a forcée, t'a prise. Tu ne le laisseras jamais recommencer. Jamais. Pas le choix. Le mal par le mal. Il l'aura voulu. Il ne voulait que ça. Et toi ? Tu ressasses. Quelque chose de terrible enfle sous ton sternum, mais tu l'ignores. Cette situation, tout de même. Ta solitude. Il faut découvrir ce qui se dissimule sous sa violence. En te faisant croire à sa mort, il était allé trop loin, t'avait utilisée sans vergogne, avait fait de toi son instrument spectaculaire ; d'où le trouble ; d'où l'émoi. D'où l'utilisation du terme « viol » – c'est la toute première pensée qui t'est venue en tête, quand tu as compris son manège. La déchirure, le scandale. Tricheur. Tu n'es qu'un homme.

Allais-tu le quitter ? Pour quoi ? Pour qui ? Qu'est-ce que cela changerait ? La vie n'étant, de toute façon, qu'un calvaire immonde, autant que la tienne se passe avec celui qui le savait le mieux. Tu l'avais pardonné instantanément. Tu avais essayé, par convention, de le haïr au premier degré. Par convention aussi, tu lui ferais payer. Et tu savais que cela ne l'ébranlerait en rien. Ni toi ni lui ne croirait à tes stratagèmes de simili-vengeresse. Ni toi ni lui ne croyait plus, peut-être, à rien d'humain. Par moment tout du moins. Tout vous était devenu indifférent, *à la réflexion*. Pourtant, ensemble, il y avait bien eu un frémissement de vie. Une ébauche de salut, une timide, mais puissante éclaircie. Et c'est tout ce qui te tient.

Ta peur, ta colère, ton pardon. Vous n'étiez pas un couple. Pas comme on l'entend. Complices surtout. Tu étais la seule fautive, et tu le savais bien. Ta naïveté, ma pauvre. Ton *obstination* à conserver en toute chose une part de naïveté. Tu as encore beaucoup à apprendre. Ne crois rien de ce qu'on te raconte, de ce que tu racontes toi-même. Tout est factice. Pourtant tout est vrai.

Le soleil passe derrière la tour, et tu as la brillante idée de relire Lautréamont. « *La nuit, il réfléchit, parce qu'il ne veut pas dormir. Le jour, sa pensée s'élance au-dessus des murailles de la demeure de l'abrutissement, jusqu'au moment où il s'échappe, ou qu'on le rejette, comme un pestiféré, de ce cloître éternel, cet acte se comprend.* »

Toi, tu *refuses* de comprendre. Ta pitié est ton refus.

Tu te réfugies vers tes bases. Tu cherches un ami à qui confier ta rage. Tu comprends, enfin, vraiment, autrement, empiriquement, ce qu'a accompli Ducasse. Il t'enveloppe dans du tonnerre. Ton électricité endormie, tu l'avais si longtemps ignorée ; voilà qu'elle ruisselle en toi.

Tu aurais dû dormir. Isaac t'écrit, de nouveau à l'abri – son village, sa maison – il veut se remettre au travail, et te demande, innocemment, sans même prendre la peine de feindre la honte (mais c'est aussi pour ça que tu l'aimes : il n'est jamais poli), de lui envoyer ses carnets de notes par la poste, les fichiers qui sont sur son ordinateur par email. L'outrage qui fait déborder l'orgueil. Tu envoies ta lettre d'insultes. Tu l'envoies aussi à Antoine, qui voulait s'y coller à ta place. Plus la peine. Antoine lui ne pense pas que tu dises n'importe quoi. Il pense même que tu as raison. Il te parle d'une « vérité qu'il a trop manipulée, et qui le rend fou, depuis trop longtemps. » Il comprend bien dans quel état tu te trouves, et pour te calmer, il t'envoie ce qu'il appelle sa *page mantra*, son talisman littéraire ; une page de Kafka : « *Il est si gai qu'on pourrait croire qu'il a trouvé Dieu. – Le rire est donc pour vous signe de religiosité ? – Pas toujours, mais dans une période aussi éloignée de Dieu, il faut être gai. C'est*

*un devoir. Lors du naufrage du Titanic, l'orchestre du bord
a joué jusqu'à la fin. On coupe ainsi l'herbe sous le pied
au désespoir. – Mais la gaieté crispée est bien plus triste
qu'une tristesse avouée. – C'est juste. Mais la tristesse est
sans issue, de l'espoir, de la progression, et de rien d'autre.
Le danger réside uniquement dans les étroites limites de
l'instant. Au-delà, c'est l'abîme. Dès qu'on a surmonté
l'instant, tout est différent. Tout dépend de l'instant. C'est
lui qui détermine la vie.*

Nous parlions de Baudelaire.

*La poésie est maladive, dit Kafka. Mais faire tomber la
fièvre ne suffit pas pour recouvrer la santé. Au contraire !
Le feu purifie et illumine. »*

Cela tombe bien. Tu ne connais qu'une seule gamme
de couleur et cette gamme est rouge. Ton ventre n'en
peut plus d'attendre le sang. Ta chair se noie dans la
moiteur de l'espace. Tu resteras ainsi prostrée, pendant
quarante-huit heures, et tu retomberas dans ton vortex alcoolique, sans rien avaler d'autre que des litres et
des litres de vin. Sans rien du tout qu'Isaac qui te parle,
encore et encore, et tu lui parles aussi, tu fais semblant de
tenir le coup, tout en énumérant ta précarité névrotique ;
tu l'inquiètes, puis tu le rassures, alors que tu le soup-
çonnes de tout ce que tu viens de dire, alors que c'est toi
qui doit être rassurée. Vos ébranlements sont mimétique-
ment débridés, rien n'a plus de forme, tout est faux, tout
est vrai. Tout est *vague*. Ça n'a rien d'amusant, cette élas-
ticité sémantique est proprement démoniaque et, dans
cette lie, vous êtes tous deux perdants, crois-tu. Tant pis
pour les anges supérieurs, Isaac joue avec toi et tu es prise
dans son rêve, tu dois partir ou tu dois te défendre. Mais
tu es faible. Mais tu as mal. Plus Isaac te parle, plus tu te
sens abandonnée à ta déliquescence subjective, et plus
tu le hais. Les actes. Les faits. Tu es seule et tu n'as que
son absence à laquelle te raccrocher. Tu es bafouée, affai-
blie – mais tu seras forte.

Vendredi. Ça ne va pas mieux, mais il faut retourner au bagne sinon, plus de blockhaus, plus de liberté. Tu prends le métro, et c'est tout comme d'habitude, la fausse blonde qui se prend pour France Gall s'égosille à la station Concorde ; les ombres sur leurs smart-monolithes se shootent au néo-tétris ; les accordéons des Russes de Bastille jouent *toujours* les mêmes rengaines poussiéreuses. C'est comme dans un jour sans fin. D'habitude ça t'amuse, tellement c'est gros et vaguement circulaire comme la planète Terre. Car tu remarques toujours quelques intrus, quelques dissonances dans leur harmonie préétablie, et ça, les imperfections, c'est toujours rassurant, réjouissant. Mais aujourd'hui, tu n'es qu'une loque sans œil. Tu penses au suicide. Ça faisait longtemps. Comme sous un mauvais trip aux acides, un halo organique émane des choses et des êtres ; les bruits sont filandreux, ils ne semblent pas arriver à tes tympans, mais en sortir. Ceux qui connaissent savent. Tu soulèves les grilles du cinéma et ça te fend la tête. Tu vois flou. Tu entres dans le hall et te transformes en cash-machine. Comme d'habitude. Tu as honte, en repensant aux esclandres de lundi, on va te demander des comptes, on va prêter attention à toi. Quel enfer. Il n'y a personne dans le cinéma. Dans les cabines, comme d'habitude, tu mets les projecteurs en route, en songeant au fantôme de Buster Keaton. Tu ignores volontairement celui des geôles de la Bastille (elles se trouvaient exactement *là)*. Celui-là il te terrifie vraiment, surtout après les dernières séances, à minuit, quand il n'y a plus personne dans les salles, et que les allées de fauteuils tapissés de velours rouge ressemblent à des tombeaux. Tu te diriges vers le coffre-fort, l'ouvres avec la grosse clé. Elle semble plus froide que d'habitude, son métal mord la peau de tes doigts comme une stalactite gelée. Sur la caissette rouge, tu trouves une enveloppe « à l'intention de Vivianne ». Intriguée, tu l'ouvres. Un sachet de velours grenat sur lequel est écrit, en lettres dorées : « Aquamarine for silver. 84 El Maady 9 st. tel : 0223585259 » ; y est joint un mot, sur un vieux papelard. D'abord, tu penses que c'est encore un de ces crève-la-bite qui te fait la cour et te fait des offrandes de temps à autre, mais non, là c'est une écriture féminine, c'est signé « Camille ». Qui c'est ça Camille ? Tu n'en connais qu'une, et pas des moindres. Tu en parleras ailleurs. Impossible que ce soit elle, elle est trop délicate et délurée pour avoir une telle écriture. Écriture ronde et enfantine. Tu clignes plusieurs fois des paupières pour parvenir à déchiffrer ce qu'il y a sur le papier. Ta tête tourne. Tu ouvres le sachet de velours, tes doigts fouillent, c'est doux, c'est mystérieux et, ah, c'est froid. C'est du verre. Un papillon de verre. Des ailes de trois ou quatre centimètres d'envergure. Un pendentif d'aigue-marine, une fine chaîne d'or. C'est pas du tout ton style. Qui t'envoie ça ? Le mot dit :

« *Bonjour, Vivianne, voici un collier. Porte-le.*
Le papillon j'espère t'apportera quelque chose.
C'est une combinaison de chiffre particulière, si tu
le souhaites apprends-la et répète-la dans ta tête
1 888 948
Bon courage.
Camille »

La petite gitane. C'est forcément elle.

Tu évites systématiquement les sorciers. Ils te font peur. On t'a raconté de ces histoires. Et ce « si tu le souhaites » par-dessus tout te fait peur, et donc te tente. Tu mets le collier autour de ton cou, le dissimules sous la soie de ta robe de princesse Leia d'opérette, et répètes mentalement :

« *1 888 948 – 1 888 948 – 1 888 948 – 1 888 948 –*
1 888 948 – 1 888 948 – 1 888 948 – 1 888 948 – 1 88
8 948 – 1 888 948 – 1 888 948 – 1 888 948 – 1 888 94
8 – 1 888 948 – 1 888 948 – 1 888 948 – 1 888 948 – 1 888 9
48 – 1 888 948 – 1 888 948 – 1 888 948 – 1 888 948 –

1 888 948 – 1 888 948 – 1 888 948 – 1 888 948 – 1 88
8 948 – 1 888 948 – 1 888 948 – 1 888 948 – 1 888 9
8 – 1 888 948 – 1 888 948 – 1 888 948 – 1 888 948 –
1 888 948 – 1 888 948 – 1 888 948 – 1 888 948 – 1 888
948 – 1 888 948 – 1 888 948 – 1 888 948 – 1 888 94
– 1 888 948 – 1 888 948 – 1 888 948 – 1 888 948 – 1 888
948 – 1 888 948 – 1 888 948 – 1 888 948 – 1 888 948 –
1 888 948 – 1 888 948 – 1 888 948 – 1 888 948 – 1 888
948 – 1 888 948 – 1 888 948 – 1 888 948 – 1 888 948 –
1 888 948 – 1 888 948 – 1 888 948 – 1 888 948 – 1 888
948 – 1 888 948 – 1 888 948 – 1 888 948 – 1 888 948. »

Nom d'un chien battu, c'est que ça marche son truc ! Tu as moins mal, c'est vrai ! Comme tu te sens forte ! Comme tu te sens vive ! 1888 948 ! Victoire !

La journée passe comme ça, sous LSD *mental-made*, et tu te sens surpuissante. Tu comprends comment la magie fonctionne. C'est un tour d'anesthésie mentale, un peu comme Platon, qui carbure à l'énergie du désespoir.

Avec la canicule, et sans parler de ton sang qui s'anté-coagule dans l'éther de ton ventre, les « spectracteurs », débarquant dans le hall, tout subitement rafraîchis par les artifices tempérés qu'exige l'atrocité confortable des lieux publics, deviennent tous aussi fous à lier que toi. Tout le monde raconte tout ce qui lui passe par la tête, le vernis social craque, c'est comme à l'asile, mais en mieux, à l'aveugle et à l'improviste ; en plein air. Tu n'en a plus rien à carrer de rien. Tu comprends ce qui se passe et tu en profites, tu attises tes pulsions et les leurs, tu jubiles. Tu te transformes en démon. « Vous croyez à la magie ? » ; « Vachement bien, votre collier, vous devez être sacrément névrosée, vous. » ; « Est-ce que vos parents sont morts ? » ; « Oh merci pour le compliment, mais mon sourire ne sert qu'à cacher mon dégoût, vous savez. » ; « Si vous saviez comme j'en ai marre de voir vos trombines d'ex-Mao aigries et bedonnantes. » ; « C'est drôle, vous avez l'air aussi glauque et aussi raciste que le film que vous

vous apprêtez à voir. » ; « Monsieur, votre vieux visage est d'une beauté stupéfiante. » ; « Attendez, les gens, je reviens, je sais que la séance commence, mais j'ai envie de fumer une clope. » ; « Vous croyez en Dieu ? », etc. Voilà, c'est ainsi que tout craque. C'est comme ça que tout se déaxe. C'est comme ça que les vérités respirent.

Fin de la représentation, en pleine exaltation hystérique, tu rends l'argent amassé pendant la journée au dirlo ; et, au moment où tu lui tends la feuille sur laquelle tu dois retranscrire les numéros des cartes de fidélité, il te jauge d'un air inquiet.

« Vivianne, vous êtes sûre que ça va aller ? » Il te montre les chiffres. « Vous n'avez pas l'impression que quelque chose cloche ? » Tu n'entraves plus rien. Il te montre les chiffres inscrits sur les cartes : 275678432, 275678433, 275678434, 275678435, 275678436, 275678437, 275678438...

Tu croyais les avoir recopiés à l'identique. Tout faux. Voilà ce que tu as écrit : 567890573, 567893456, 56289 0654, 578943567, 256789643...

Tu prends peur. Très sérieusement. Il t'arrive de confondre les chiffres, souvent les 5 et le 9, quand tu fatigues de beaucoup. Mais là, c'est du jamais-vu. Tu mesures alors le poids de tes symptômes. Tu pivotes comme une hélice et tu claques la porte du bureau. Tu as envie de hurler. Ton phare, vite. Mais Jim t'attend à la sortie, sans te prévenir au préalable, comme il fait souvent. Manquait plus que lui. Vous vous êtes rencontrés par hasard. Il était venu te voir pour te demander si tu voulais bien faire l'actrice dans un de ses courts-métrages. Tu avais bien compris qu'il était moins abruti que la moyenne, et vous aviez discuté un moment, en sillonnant la nuit, le long du quai de Béthune. Jim est un enfant ultrasensible, diagnostiqué schizophrène « stabilisé », il a des visions dignes d'un Lovecraft, il invente tout, tout le temps, mais il ne revient jamais de ses extases ; il se prend pour le Christ, on ne comprend rien à ce qu'il dit la plupart du temps, et il lui arrive de mordre les mollets des passantes.

Tu l'aimes bien. Il fait des peintures étranges avec des nappes de synthétiseurs sur des toiles immenses, en fumant de l'herbe dans sa chambre de banlieue. Il ne connaît rien d'autre que les synesthésies. Il n'a jamais entendu parler ni de Debussy, ni de Dutilleux, ni de Messiaen, ni de Stockhausen ; pourtant il semble être celui qui les connaisse le mieux. Il parle parfois comme Martin Heidegger, ou Héraclite, ou Niels Bohr, ou Maurice Blanchot, ou Stéphane Mallarmé, ou Shakespeare ; sauf qu'il n'a jamais rien lu de sa vie. Vraiment, Jim, la bonne personne sur qui tomber *maintenant*. Il te propose de faire un tour. Tu dis que tu ne peux pas. De toute façon tu ne peux jamais. Ton bunker, ta tête, tes livres, ta musique, ton sexe. Tu es rompue, tu penses à Isaac, à l'état dans lequel tu te trouves instamment, et tu n'as qu'une envie : pleurer dans ses bras de salaud. Vous traversez la place de la Bastille. Les cortèges des sons, des silhouettes et de toutes les choses mouvantes te font penser à ces pièges, ces lames, ces boulets de pierre, ces flèches empoisonnées qu'Indiana Jones doit éviter dans le tunnel aztèque pour atteindre la caverne où est planqué le Saint-Graal. Tu es comme un poisson mort qui ricocherait contre les écailles des autres membres, eux bien vivants, de son banc affolé. Tu es prise de convulsions effrayantes. Les sons te découpent la cervelle en tranches fines. Tu perds l'équilibre. Jim te porte jusqu'à l'arrêt de bus. Jim dit qu'il est en grande détresse, qu'il ne veut pas rester tout seul, qu'il faut que tu le protèges. Dans ton état. Il te reste quand même quelques atomes de compassion, tu dis : « Prends le bus avec moi, mais je dois rentrer dans mon phare, et je ne supporte plus rien, alors tu viens, tu te roules un spliff et tu lis un livre dans un coin, mais je t'interdis de me parler. J'ai besoin de silence. » N'importe qui d'autre t'aurait laissée tranquille. Mais Jim il n'écoute que lui-même. Il accepte le deal. Tu es si faible et ton empathie est si redoutable... Mais il te fait pitié. Ta pitié te cadenasse. Tu titubes.

Dans le bus, tout le monde te regarde. « Ça va aller mademoiselle ? » Vous vous asseyez au fond parce qu'il n'y a qu'au fond qu'il reste de la place. À côté de vous, un quarantenaire en chemine de popeline, qui d'après ce que tu comprends travaille dans le milieu du théâtre ou du cinéma, fait le mariole devant deux petites dindes. Manquait plus que ça. Ils n'arrêtent pas de vous regarder, parlant à voix basse. Jim dit « Moi, quand j'angoisse, je fais apparaître un golem, c'est mon ami, il a une peau en terre gris-jaune, craquelée comme le sol des déserts, les yeux bleu fluo, comme des lasers tristes, et dans son dos il y a une grande entaille verticale, bleu turquoise aussi, elle scintille et déborde comme une rivière après la pluie lorsqu'il se courbe en avant. Tu le vois, là, il est entré dans le bus, il se recroqueville ! » Ton inframonde se boursoufle. Jim est trop perché pour toi aujourd'hui. Ce n'est plus tenable. Tu ne veux plus rien entendre. Tu t'extirpes du bus. Tu dois enterrer ta souffrance quelque part. Le long du boulevard tu te convulses, vidée de tes forces, tu marches à une allure de nonagénaire gangrénée d'arthrose ; quelques personnes te viennent en aide. Une jeune femme te raccompagne jusqu'à ta porte. Tu envisages sérieusement de dire adieu à Isaac. Tu ne crois toujours pas à ce qu'il a pu te faire, à ce que cela signifie. Tu retournes dans ton bunker et bois jusqu'à extinction des raisonnements.

Samedi. Ton angoisse est encore une moire d'étincelles toxiques ; transformée en Tantale, tu avances, comme la proue d'un navire irrationnel, sur une voie tortueuse et royale.

Jean te téléphone vers midi, tu veux bien lui répondre, et le retrouve un moment dans votre café habituel. Il a l'air inquiet pour toi, alors tu fais semblant d'être forte, comme si tu ne doutais de rien – mais tu ne fais pas semblant d'être furieuse – tu surjoues aussi la colère, pour le faire rire un peu. Tu lui montres la lettre d'insultes, il dit « pas mal, mais pas très concis », tu dis « j'étais fatiguée », et tu affirmes que tu vas le faire, tu vas quitter Isaac. Ni lui ni toi n'en êtes convaincus. Vous faites comme si. C'est pénible. Puis tu passes voir ton ami François, anti-dandy plus dandy que nature, vêtu des mêmes vêtements de l'armée coréenne, été comme hiver, assis tout seul, comme toujours, à une terrasse déserte, cette fois-ci près de l'église Sainte-Clotilde. Une vision de lui, te tournant le dos, les jambes croisées sur la chaise que tu occuperas quelques secondes plus tard, respirant amoureusement l'odeur des pages de son énième volume de la série noire, dans le silence de l'atmosphère bourgeoise, parvient à t'apaiser un peu. Vous parlez un moment des livres de Pierre Siniac, puis tu retournes au travail. La crécelle blonde de Concorde, les accordéons slaves, les pièces de monnaie, les mains sales (*toucher* de l'argent qu'ils disent), les *spectracteurs*, les crève-l'amour, les faux sourires, les tombeaux rouges, le fantôme des geôles ; tout comme d'habitude. Tout comme d'habitude, ou presque – comme d'habitude. En salle 4, après une séance, munie de la lampe torche, tu inspectes les rangées, et, comme cela arrive parfois, tu tombes sur un bouquin oublié par un spectateur : *Le Démon*, d'Hubert Selby Jr. Connais pas. Ah si, ce nom, Selby, te dit quelque chose. Isaac. C'est Isaac qui t'en avait parlé, il t'avait dit c'est immense, il faut absolument que tu lises *La Geôle*. Ben t'es tombée sur *Le Démon*, petite veinarde. Tu retournes à ton poste. Tu évites les regards des autres, tu t'assois en loucedé sur le tabouret télescopique, et tu ouvres le bouquin, lis l'exergue.

> *« Heureux homme, celui qui supporte l'épreuve ! Sa valeur une fois reconnue, il recevra la couronne de vie que le Seigneur a promise à ceux qui l'aiment.*
> *Que nul, s'il est éprouvé, ne dise : "c'est Dieu qui m'éprouve." Dieu en effet n'éprouve pas le mal, il n'éprouve non plus personne. Mais chacun est éprouvé*

par sa propre convoitise qui l'attire et le leurre. Puis la convoitise, ayant conçu, donne naissance au péché, et le péché, parvenu à son terme, enfante la mort. »
Épitre de Saint-Jacques, I : 12-15

Manquait plus que ça. Bon, cette fois-ci plus de doute, on te fait jouer dans un film (de série B, bien entendu), ou tu es en plein cauchemar, ce qui revient au même. Tu racontes par SMS à Isaac ta découverte fortuite. Tu lui dis qu'il te rappelle ce personnage, là, Harry White. Il répond que oui il a lu ça à seize ans et qu'il avait manqué de s'évanouir à la fin ; que rien de ce qu'il avait fait au cours de sa vie n'aurait été possible sans Selby, et ajoute : « voilà le résultat. » Tu ne supportes plus son humour, chacune de ses touches d'autodérision est une gifle. Ces gifles que tu changeras en boomerang.

Minuit fin du bagne, les grilles s'abattent, la jeunesse damasquinée s'excite, tu traverses le boulevard. Tu passes voir Momo l'épicier. Te faut à boire à boire pour passer la nuit, pas trop, mais un peu quand même – tu veux tenter de poursuivre ta petite excursion cathartico-scriptuaire. Tu croises un titan rouge, la cinquantaine passée, qui dort en chien de fusil par terre sous le banc d'un abribus, la tête auréolée d'une épaisse flaque de gerbe. Tu remarques que c'est la quatrième fois que tu vois du dégueulis en l'espace de deux jours, et t'étonnes de ne toujours pas avoir vomi toi-même. Tu dis bonjour aux copains de Momo, assis sur le banc en face des panières de fruits éclairées au néon. Il y a un nouveau que tu n'as jamais vu, pourtant c'est un des meilleurs amis de Momo ; il dit : « Toi, t'es trop humaine, tu peux pas être d'ici. » Tu rigoles. C'est pas la première fois qu'on te dit ça, ni sûrement la dernière. « Dans l'mille. J'suis auvergnate. » Il prend un air entendu. « Ah c'est beau l'Auvergne, je connais, j'y passe souvent.

– Pourquoi faire, si ce n'est pas indiscret ?

– Je suis routier.

– Ouch, ça doit pas être de la blague.

– Il fait tomber ses yeux contre la crasse urbaine.

– Non, c'est sûr... C'est beau aussi, mais c'est très dur. Au début c'est enivrant, et puis tu te rends compte que ton métier, c'est esclave de la route. Tu peux plus rien promettre, à personne. Tu ne sais jamais ni où ni quand tu vas devoir partir, donc tu ne peux t'occuper ni de ta famille, ni de des amis, ni de ta compagne, ni de toi-même. T'es tout seul et tu ne peux jamais revenir complètement vers le monde. » Ça te rappelle quelqu'un. Tu as la larme à l'œil quand tu entres chez Momo. Tout est détestable, même la misère. Le Tout est haïssable.

Tu te sens si vide depuis six jours. Et tous ces visages, pourtant.

Momo, pour la première fois depuis deux ans et demi, te demande ce que tu fais d'autre dans la vie à part demi-caissière. « Ben je travaille un peu pour un dessinateur. Et puis j'étudie dans mon coin, et là, je sais pas, depuis quelques jours j'ai commencé à écrire un truc. » Momo a l'air content. « Ah toi t'écris, ça m'étonne pas, tiens, vu comment tu parles parfois. Tu sais que j'ai bien connu Sagan ? Tu me la rappelles, un peu. Dans ton regard, il y a quelque chose, un truc qui trouble un peu, enfin, je sais pas comment t'expliquer. On était amis. Je travaillais pour elle, en Normandie, enfin je faisais pas grand-chose, j'allais chercher le journal, je déplaçais les voitures. Un jour, j'étais parti à la plage toute la journée avec une fille, et j'avais oublié de prévenir Françoise. Quand je suis rentré, j'ai trouvé la femme de ménage complètement affolée, j'ai cru qu'elle allait me tuer, elle m'a hurlé dessus dans la cour : "Françoise t'attend dans sa chambre, Momo, tu vas passer un sale quart d'heure !" Je suis monté et l'ai retrouvée, très calme, en train de fumer une cigarette sur son lit, elle m'a fixé droit dans les yeux et m'a dit : "Tu sais qu'on s'inquiète pour toi, Momo ? C'est très bien que tu ailles à la plage, mais il faut nous prévenir, sinon on se fait du mouron. Tu sais,

Momo, qu'on t'aime ? Bon, alors ne recommence pas, s'il te plaît. C'est tout, tu peux filer maintenant."

Jamais personne ne m'avait collé une pression pareille, de *cette manière*. Ce calme était terrible. J'ai tout de suite compris que je ne recommencerais jamais. La peur d'avoir déçu quelqu'un qu'on aime, tu vois. »

Pourquoi il te raconte ça, Momo ? Ça te fait réfléchir sur tes réactions, tantôt inquisitrices, tantôt larmoyantes – hystériques en un mot –, après la fausse tentative de suicide d'Isaac. Tu vois que tu t'y es prise comme une branque. Tu aurais dû te donner l'air stoïque. Tu n'es pas Sagan. Tu en prendras de la graine à l'avenir. Tu quittes Momo, salues le routier.

Tu longes les quais endormis en compagnie de tes amis les rats (tu t'identifies beaucoup à eux, car dans la ville, vous vous déplacez et survivez exactement de la même manière), vous vous racontez vos journées, pendant que tu croises le chemin des errants coutumiers (le vieux schizo boiteux, le poète fantôme, les sentinelles aux chaussures de poussières du pont Royal, etc.) ; tu retrouves ton blockhaus, tu poursuis ton récit, mais ce n'est plus pareil : à défaut de raison, tu as retrouvé un semblant de psycho-motricité. Tu relis tous les messages d'Isaac et ses contradictions sont telles que tout s'annule ; ses paroles ont défiguré toute vérité. Aucune clarté, voilà ce qui te rend folle, depuis six jours. Tu n'as que la rage et tu écris ces pages médiocres. (Toutes intellectuellement et formellement fangeuses qu'elles soient, tu les laisseras comme telles. « Tâche ingrate : la fidélité. »)

Dimanche. Tu as écrit deux pages en une nuit, et ça n'arrange rien. Au contraire, tu as encore plus honte de toi. Mais tu ne peux pas faire autre chose. Tu veux comprendre. Tu dois relater étape par étape. Tu as aussi trouvé autre chose à écouter que du jazz : l'Art de la fugue. Mais on peut dire que Bach, parfois, c'est exactement du jazz. La fugue est de toujours ton amie, elle tempère ton angoisse, ou du moins, l'accompagne. Tu écoutes la version de l'Emerson quartet en boucle depuis des heures. Tu n'as presque pas dormi. Furie Isaac. Absence Isaac. *Pourquoi* ?

Midi. Le jour sans fin, le bagne. Si tu n'avais pas ces obligations… Tu n'aurais vu personne et, sans filets, qu'aurais-tu fait ? Tu bouillonnes, tu brûles de te muer en une espèce de Janus amazone-walkyrie ; d'aller punir Isaac de son affront par des moyens inavouables. Mais comme il y a ce travail, tu te tiens à carreau. Tu le confies à Eugène, ton collègue et ami du cinéma ; ce soir, tu vas faire comme à chaque fois que tu débordes de colère : tu vas convertir ta rage en bombardements érotiques. « Direction les clubs, je vais pas faire de quartier. » Eugène est inquiet. Insiste pour que, plutôt que de t'envoyer en l'air avec la moitié des femmes mariées de la capitale et d'humilier leurs époux, tu viennes chez lui pour boire du whisky et parler de ce qui a bien pu te mettre dans un tel état. Allez, il t'emmènera au travail en moto demain matin, c'est bon. Tu hésites un moment et finis par accepter la proposition. Tu n'aurais peut-être pas dû et faire ce que tu voulais. Tu remets la violence à plus tard.

Minuit. Tu achètes une bouteille de whisky à Momo. Tu prends la huit violette, dans la rame plusieurs groupuscules de dégénérés boivent au goulot en beuglant et en prenant des photos avec leurs smartphones ; un moustique te pique au mollet gauche ; direction Alfortville. L'air est trop lourd et toi tu es extrêmement nerveuse. Tu sors de terre. Gauche-droite-gauche-droite passer le fleuve puis passer le pont et droite et deuxième gauche droite et gauche – ah, c'est qu'on respire mieux ici. Odeur grasse des tilleuls en fleurs. Un type te suit. « Psst psssst. » Tu accélères le pas. Tu le sèmes. La ville entière ressent probablement ta tension sexuelle. Tu ne saignes toujours pas. Tu es comme un volcan au bord de l'éruption. Tu arrives dans la résidence de béton gris et saumon d'Eugène. Ça te rappelle l'endroit où tu as grandi et ta mère. Tu chasses ce souvenir immédiatement. Tu sais très bien ce qu'Eugène va te dire. Un dialogue de sourds qui s'annonce, mais tu veux bien l'écouter. Lui et toi, vous vous entendez étonnamment bien, alors que vous êtes toujours en désaccord, que vous êtes en tous points opposés : Eugène aime le hard rock, la country-music, Justin Bieber ; les youtubeurs ; les films d'épouvante ; la musculation ; les grosses motos ; les cheeseburgers et le whisky. Il aime quand c'est simple. Tu aimes la musique contemporaine, la peinture métaphysique, les films expérimentaux, la lecture, les asperges et le vin rouge. Tu aimes quand c'est étrange. Eugène déteste par-dessus tout les intellos, les rêveurs et les subtils. Pourtant il t'aime bien toi. Il ne lit jamais de livres. Il préfère le porno ou les documentaires sur les phénomènes surnaturels ou sur le darkweb. Et il est l'une des personnes les plus fines que tu connaisses. C'est la première personne à qui tu fais lire ce texte entre guillemets. Tu dis : Je suis épuisée, lis ça, ce sera sûrement plus clair que si j'essaye de raconter ce qui s'est passé et comment je l'ai vécu. Il branche ta clé USB et lit le texte sur le PC. C'est long. Tu bois en silence en cherchant quelque chose à regarder dans l'appartement aseptisé, seulement éclairé par la lueur de l'écran d'ordinateur. Et, ça ne rate pas : « Ah oui, quand même ! Écoute Vive, je vais résumer ta situation depuis le début de cette histoire : ce tocard abuse de toi. Il te demande du fric en permanence alors que tu n'en as pas et claque tout au poker, il te néglige, il ne t'écoute pas, il ne te donne rien, il te vampirise et il ne t'aide pas. Il profite de toi, c'est tout. Arrête de croire à son baratin : il ne t'aime pas *dans les faits, OK ?* À chaque fois que tu m'as parlé de lui, il y avait quelque chose qui n'allait pas, qui t'inquiétait, qui n'était pas clair, qui te contrariait. Je n'arrive pas à croire qu'il ait pu te faire un coup pareil, après l'hiver qu'il t'a fait passer ! Voilà ce que j'en pense, de ton foutu texte : t'es rien qu'une bonne poire atteinte du syndrome de Stockholm. Je n'arriverai jamais à comprendre comment tu peux-être à la fois si intelligente et mature dans tous les autres domaines, mais dès que tu t'entiches de quelqu'un, c'est toujours pareil, tu te transformes en adolescente attardée ! Tire-toi de là, arrête de faire confiance à cet hypocrite, retourne à ta solitude, à tes bouquins et à tes petites histoires sans lendemain avec tes copains-copines, c'est mieux pour toi. Tu es trop fragile, Vive. Ce mec, c'est rien que des emmerdes. T'es pas infirmière, combien de fois il va falloir que je te le répète. Il te faut quelqu'un qui s'occupe de toi. Tu dois trouver quelqu'un qui voit qu'il peut abuser de toi, mais qui choisit de ne pas le faire. Tu piges ? Quelqu'un qui te protège, quelqu'un qui se dévoue pour toi, qui te tire vers le haut et te respecte, ça existe aussi, tu sais. L'amour c'est du concret, c'est tout, et ce que te dit ton mec, là, c'est rien que du vent ; ce qu'il fait, en revanche, et depuis le début, ça c'est parlant. Traiter une femme comme toi aussi mal. Il est pété du casque. Dans l'état où tu es, *à cause de lui*, il devrait être là, point. » Tu restes silencieuse un moment. C'est tout ce que tu craignais d'entendre, ce qu'une partie de toi ressasse depuis longtemps. Tu réponds : « Oui oui, tu as raison sur tout, il a été odieux et injuste à de trop nombreuses reprises ; mais c'est quand même l'amour fou, entre nous. Je te jure. Tu peux pas comprendre. Tu as raison, Eugène, mais il a des excuses tu sais, il revient de loin, il fait ce qu'il peut... » Eugène te regarde comme s'il avait l'intention de t'étrangler. Tu soupires. Vous parlez d'autre chose pour éviter de vraiment vous fâcher, buvez quelques verres, regardez un film d'épouvante, mais contrairement à d'habitude ça ne te tétanise pas – tu penses à autre chose –, puis tu t'endors dans les bras d'Eugène, bien conscient du rôle de palliatif que tu lui octroies.

Lundi. Réveil pestilentiel. Dernier tour de bagne. La gueule de bois, conséquente, te stabilise, elle te raccorde à la moyenne des êtres. Tu es tout de même furieuse. Eugène a réussi a te monter contre Isaac de nouveau.

Eugène a raison sur tout. Isaac en a trop dit, et il en a trop peu fait. Oui, il se moque de toi, et tu le laisses faire. Ça ne peut plus durer. Tu fredonnes malgré toi « comment te dire adieu ». Tu te sens de nouveau humiliée. Tu crèves de honte. Tu voudrais le tuer.

Puis tu penses à lui. L'amour et la douleur t'enserrent. C'est tellement meilleur. Ils ont tous tort. L'amour est incurable. Tu ne connais personne d'autre que lui. Souviens-t'en. Tu n'as jamais compris que lui. Et personne ne pourra jamais te reconnaître ni te comprendre comme lui. Vous êtes les deux hémisphères d'un même cerveau. Et te reviennent en tête les mots de John Giorno : « chacun est une déception totale. » À aspirations démesurées, déceptions démesurées. Et c'est à prendre ou à prendre. Tu n'as que lui. Tu ne vois que lui. Tu n'attendais que lui.

Dans la vie, tu avais appris à savoir ne te contenter que des miettes. Ton imagination faisait le reste. Personne d'autre qu'Isaac n'avait réussi à t'ôter à ce point ton dégout de toi-même. Comment partir ? Aussi, Isaac t'avait, pour la première fois, faite penser en termes de « lendemain », et c'était là tout le problème. Tu devrais laisser tomber le temps, prendre rendez-vous avec Épicure, tiens.

Fin du travail, la tête fêlée par les sons, la pollution, la lumière, les gesticulations. Retour au blockhaus, Art de la fugue, chasse-spleen. Tu es enfermée dans ta tête où plus rien ne se trouve. Tu t'es remise à boire, comme après elle. Tu avais vaincu ce démon. Maintenant tout est à refaire, et ça va être pire encore. Tu préfèrerais mourir. L'alcoolisme est sûrement l'une des pires manières d'agoniser au monde. On sabote minutieusement, lentement, tout lendemain qui chante. On étouffe toute rémission, tout en l'attendant. On s'interdit tout avenir par incapacité à supporter le présent. C'est simple, on gâche tout, puisqu'on ne supporte plus rien. Tu ne saignes toujours pas. Tu as perdu la mémoire des dates. Tu n'as pas pu lire une ligne depuis une semaine. Ton crâne anxieux a rongé la peau de tes joues. Tes ongles se sont brisés contre l'émail de tes dents. Tu as tout désappris. Tout est de nouveau régression, anomalie, absence. Isaac absent. Pourquoi ?

N'a-t-on pas tort d'abandonner ce qui n'existe pas, ce qui s'est avéré ne pas exister ? Il y a Isaac et il y a ses doubles. Il y a toi et il y a tes doubles. L'un de ces derniers – le rationnel et amputé du cœur – entreprend alors de mettre toutes les affaires du double crapuleux d'Isaac en vrac dans sa valise. Vêtements, livres, ordinateur, manuscrits, cahiers. Le zip peine à se refermer. Ton double froid écrit à Antoine pour qu'il la récupère. Antoine dit « Je ne veux pas de ça, oui, tu n'as qu'à la laisser aux objets trouvés. Et j'ai reçu ton colis. Je pense qu'avec ces cinquante bougies, non seulement la noirceur va être assassinée, mais mieux que ça : la couleur va renaître et imposer ses cent mille nuances en nous. Merci Vive, ça me touche, me fait sourire parce que c'est l'espoir et rien d'autre. Autrement, demain il y aura une fête pour la sortie du nouveau numéro de la revue de Jon. Tu devrais venir. Souviens-toi, *contre ta pente*. À demain Vive, et en attendant garde le cap. »

Garder le cap. Encore aurait-il fallu commencer à le tenir. Tu l'as encore prouvé, tu ne sais tenir que ton propre entêtement. Sept jours, qu'as-tu fait ? Qu'as-tu pensé ? Qu'as-tu dit ? Qu'as-tu entendu ? Tu leur as fait perdre leur temps, à tous.

Tu réponds à Antoine : « Mon cerveau est irradié par de trop violentes cascades d'états contraires depuis sept jours, j'ai peur de ne pas pouvoir affronter un raout. J'suis trop paumée, Antoine, je me sens comme un caméléon cyclothymique, c'est extrême, pas beau à voir. On verra si demain c'est mieux. »

Désemparée, tu t'alcoolises, en tentant de laisser s'écraser quelques phrases entre guillemets sur le clavier, pour voir ce qui est en train de t'arriver, mais tu n'y arrives pas, tu ne peux pas penser, tu ne peux que décrire, et tu as beau ausculter tes comportements, tu ne comprends rien. Tu t'endors, bercée par un concerto pour honte et bêtise.

Mardi. Les draps de lin blanc sont tachés d'étranges continents pourpres. Les littoraux qui sont collés au plus près de tes jambes sont moins foncés que les autres.

Ta solitude s'est solidifiée, elle a réconcilié ton esprit avec cette amie fidèle que les mois derniers avaient su trahir : la défaite. Cet état d'esprit, cette *disposition*, tu ne les connais que trop bien. Tu n'en veux plus. Tu te rappelles de ces matins à désespérer d'une présence, même fantôme, même immonde. Tu soupires. Tu attrapes un recueil de nouvelles, un truc facile, un truc moderne, et tentes de lire quelques pages – comme à ton habitude – mais ça ne vient toujours pas. Tu ne peux rien lire. Cette histoire t'obsède. Ça va vraiment très mal. Tu regardes ton appareil de communication antédiluvien : tu as reçu une quinzaine de messages, tous d'Isaac qui, en plein délire nocturne, te dit tout et n'importe quoi, mais te déclare son amour *fou*. Il te fait peur. Tu ne le crois plus. Il t'a délaissée. Tu es si lourde de tristesse. La douleur s'amplifie et tu ne sais comment te défaire de cette latence informe et combien trop longue. Tu te demandes quelle est la date, quelle est l'heure. C'est un début de résistance. Cela te surprend. Edno te téléphone, il t'invite à déjeuner avec lui, dans son palais du triangle des Bermudes babyloniennes. Jean lui a sûrement raconté tes malheurs. Et puis il doit encore avoir un souci avec l'informatique. Edno vit en plein centre du triangle. Il règne sur cette psycho-géographie magique. Découpé en trois points précis : l'angle de la rue du Bac et de la rue de Babylone – *baby alone* –, la cité Vanneau, et l'angle de la rue Clément Rousselet et de la rue de Sèvres ; ce triangle est semblable à une forêt mystique peuplée d'une faune d'audaces rares et contemplatives. Il s'y produit toujours quelque chose d'irréel. Ici on ne se sent plus nulle part. Ceux qui connaissent savent. Les points cardinaux des Bermudes frôlent ceux de ton blockhaus – il te suffit de perdre un peu d'altitude. En l'espace de sept jours, tu as refusé de te rendre à quatre dîners, trois concerts, sans parler du reste. Tu n'as voulu voir personne, ou presque. Tu voulais écrire ta rémission. Ça n'a pas vraiment marché, tu n'as fait qu'infinitiser la stérilité de ta souffrance. Tu as plus stagné qu'autre chose. Cesse donc de te complaire dans tes affres. Tente autre chose. Contre ta pente qu'il dit. Tu acceptes l'invitation d'Edno, et tu accepteras aussi celle d'Antoine ce soir. Tu veux t'éteindre. Pour cela, quoi de mieux que les autres ? Tu entres chez Edno, comme d'habitude il te dit « salut poulette », avec son air de droopy des hautes sphères, et il te tend un joint. Il a l'air d'avoir dormi, pour une fois, ça n'a pas l'air de planer trop haut. De toute façon ça ne t'empêche pas de suivre, bien au contraire, les gens sont plus cohérents quand ils sont drogués. Tu évites le grand mobile de cintres, de câbles et de rubans qui occupe toute l'entrée. Tu le frôles, il s'agite en tous sens. C'est quand même mieux que Calder. Tu inspectes les pièces pour voir s'il y a quelque chose de changé depuis ta dernière visite. Comme Jean, il aime bien jouer à changer les objets de place pour leur faire vivre et raconter des aventures nouvelles. Les fossiles parlent aux guirlandes ; la maquette de porte-avion parle aux talons aiguilles ; les dessins parlent aux clous et aux magnets ; les cartes postales parlent aux divers identifiants et mots de passe écrits à même le mur ; les pin-ups parlent aux branches mortes ; les statuettes de Papouasie parlent aux yaourts à la framboise *dans le frigo,* etc. Edno est daltonien, il fait des dessins extraordinaires – un jour tout le monde s'en rendra compte – il met des couleurs partout, même s'il ne les voit pas – pour colorier il choisit les feutres selon le design. Drôle d'Edno. Ses dessins sont accrochés un peu partout dans l'appartement, les feuilles de cahiers à spirales, avec leurs petits trous tantôt intacts, tantôt déchirés, font danser de belles ombres sur les murs, à la nuit tombée. Edno est un héros et un magicien. Approchant l'âge de la grisaille qui tutoie la blancheur, frayant avec ces artistes contemporains que tu ne portes pas tout particulièrement dans ton cœur, Edno, c'est un peu ta meilleure copine. Tu tires sur le joint d'herbe, très forte (il n'est pas midi et ça tangue tout de suite), et il te tend une assiette de palmitos avec une boule de glace à la vanille. Il te propose un spritz. Tu sais que Jean lui a dit pour Isaac, pourtant il ne te demande rien, il te laisse venir. Il t'accepte toujours telle que tu es. Ce qui n'est pas chose facile. Tu peux tout lui raconter, tu sais que tu ne le décevras jamais. Edno c'est le plus élégant des hommes. Edno c'est un saint. Vous abordez d'abord vos sujets de conversation favoris : les plus beaux phares du monde ; les combats d'insectes ; les endroits secrets et les pratiques douteuses. Puis tu lui racontes Isaac, et à ta grande surprise il te dit que ce serait parfaitement idiot de le quitter, puisque vous vous aimez, aucun doute là-dessus (il vous a vus ensemble, vous n'aviez fait aucune démonstration, simplement l'un finissait les phrases de l'autre et inversement). Et puis il a bien vu les changements sur toi, depuis qu'il a débarqué dans ta vie, tu vas bien mieux. Il te connaît bien Edno, tout a de quoi te rendre furieuse dans cette histoire, et il sait ce que ça peut donner ; tout ce qu'il te demande c'est de ne pas faire trop de conneries. Il t'invite à partager des mets de prince dans un restaurant du triangle, vous buvez du cristal pétillant, mangez des pétales de fleurs dans des fruits de mer. Tu es toujours bien avec Edno, car plus rien ne compte que les accidents merveilleux, tout est léger, grotesque, imaginaire, curieux. Vous faites votre tour habituel dans le jardin métaphysique. Tu portes ses lunettes d'espion qui permettent de voir derrière son propre dos. Personne ne semble vous suivre, il n'y a que la tour Montparnasse et l'ancien couvent qui ressemble à un asile d'aliénés derrière toi. En sortant, tu remarques que le jardin du cinéma La Pagode est devenu fou lui aussi depuis qu'il a été fermé. Les bambous gigantesques envahissent le ciel de la rue de Babylone. Tu te sens un peu comme ce grand jardin en friche, luxuriante, excessive.

Tu remercies ton compère et le quittes, tu appelles un taxi (il l'appellerait pour toi, mais il incapable de voir si la lumière est rouge ou verte – c'est très handicapant.) Le taxi te dépose dans le Marais. Quelle idée. Bon vas-y, contre ta pente. Des créatures saugrenues et arrogantes se pavanent devant le café faussement vieillot. Tu trouves un ballon rouge par terre et joues avec cinq minutes pour te donner du courage, tu le fais s'envoler au-dessus de ta tête avec de petites tapes, tout en avançant vers le café. C'est un peu comme si tu te poussais toi-même. Cette attitude te vaut les regards désapprobateurs de grandes femmes maigres habillées à la mode, c'est-à-dire mal, venues elles aussi pour se montrer au lancement de la revue de Jon. Tu te sens mal. Ça te rappelle la rentrée des classes. Tu entres et traverses les agrégats du corps intello-mondain parisien en regardant dans le vide. Tu cherches Antoine. Tu tombes sur des figures du passé. Vous faites comme si. C'est si dégoûtant que les gens se quittent sans jamais se retrouver, pour si peu. Quelques mauvais pas, quelques malentendus et pscchhtt, poubelle, aux suivants. Il paraît que cela va de soi. Tu ne trouves pas Antoine dans les vagues nauséabondes de l'océan mondain, mais tu trouves le bar qui attire tous les corps comme une dépouille fraîche cloutée de mouches. Ouf, ton ami Sven est là, son amie K. aussi. Eux tu leur fais confiance, tu te planques derrière leurs conversations simples et sous leur douceur imperméabilisante. Les gens gracieux par nature n'ont pas besoin de se la raconter outre-mesure, ils peuvent s'occuper d'autre chose, comme d'être justes. Tu n'aurais jamais dû venir, tu sens le malaise agoraphobe poindre dans tes oreilles et ta poitrine. Tes genoux se plient et tes épaules se rapprochent l'une de l'autre. Tu as l'air complètement ahuri. Des gens que tu ne connais pas te demandent si c'est toi

Vivianne. Qu'est-ce qu'ils te veulent ? Tu angoisses. Ils disent qu'ils ont entendu beaucoup de bien de toi et tu sais bien que c'est faux. Ils disent tous que tu es folle. Ils te regardent du coin de l'œil comme une curiosité. Tu fais exprès de dire des choses bêtes. Tu n'as rien à voir, ou presque, avec ces gens. Un type te tend son verre pour trinquer et te demande ce que tu fais dans la vie. Tu réponds « caissière », il ne te croit pas, il répond « moi je suis pompier. » Tu le crois. Tout comme ça. Tu souris et tu fais semblant d'être à l'aise. Il y a tous ces codes et ces uniformes de conduite et de discours qui s'accumulent sous tes yeux. Apparemment il s'agit d'avoir l'air altier, inaccessible, mais pas trop, et de donner l'impression de contenir beaucoup de profondeur, de mystère, de sensibilité, de solitude, de savoir, de fantaisie et de souffrance, mais bien *contenues*. La plupart du temps ça rate, on voit que c'est du chiqué, mais parfois on en croise qui jouent vraiment bien le jeu, ceux-là pour sûr ils sont touchants, ce sont de vrais artistes. Il s'agit d'être décents, neutres, entre soi. Tout est si bien *dosé*. Ils te font peur. Tu y réfléchis une minute et tu te dis que tu ne dois pas être la seule à penser en ces termes au lieu de rentrer dans le vif des débats. Peut-être même que tous, à différents degrés, ils détestent être là, parce que comme toi ils se croient si différents, et c'est insupportable, d'être entourés de quasi-semblables. Ici on entend à tors et à travers que untel est exceptionnel, unetelle est exceptionnelle. On dit ça comme ça sans autre argument et c'est admis alors que ça ne veut rien dire puisqu'on sait bien tout le monde est exceptionnel. Enfin on est là à se passer les plats de nos petits talents et de nos grands poncifs originaux, à rouler des mécaniques à grand renfort d'anecdotes truculentes, de poètes obscurs, de fragments d'Héraclite ou de citations de Martin Heidegger, et ce pauvre Guy Debord et ce pauvre Maurice Blanchot et ce pauvre Baudouin de Bodinat qu'est-ce qu'il viennent faire là au milieu des coupes de champagne et des jeans APC tu te demandes ;

et tu en passes sur les techno-sciences, la neurobiologie, l'anthropologie, l'ontologie, Dieu, la DGSE, la NSA, les réfugiés, les sans-papiers, l'anthropocène, l'extrême droite, l'extrême centre et le reste ; tout le monde est content de faire l'inventaire de son petit éclectisme formaté, c'est tout ce qui compte. Tu ne sais pas trop où tous ces bavardages sont censés mener. Pour sûr, ce doit être important. Toi-même tu t'inquiètes de tous ces sujets ô combien cruciaux, mais tu le gardes pour toi, puisque tu n'as rien à ajouter. Se contenter d'aller gueuler dans la rue tant que faire ce peut, agir contre la désinformation *là où elle est pleinement effective* (c'est-à-dire pas ici – il ne faudrait surtout pas que les non-dupes parlent aux dupes, ça les instruirait, et alors que deviendraient les non-dupes – ouh !), dénoncer ces collabos hypocrites du gouvernement ; protéger et aider son prochain. Mais non, il faut aussi ventriloquer, montrer qu'on est initié, même quand on n'a rien à dire. Si si, c'est important. Surtout ne pas parler de ce qu'on *fait* au quotidien pour ou contre tout ça. Sûrement parce qu'on ne fait pas grand-chose. Enfin, on peut quand même parler de l'atrocité planétaire en se saoulant et en prenant de la coke, c'est un pays libre ! Et puis Michel Foucault, Michel Foucault il disait que parler c'était déjà faire quelque chose ! Calme-toi. Tout ça t'échappe, au fond. Tu es dure, cette soirée, c'est une bonne revue. Il y a Isaac qui publie dedans et Arthur et Antoine, mais surtout cette Édith, là, vraiment géniale, et utile, exemplaire elle, pour le coup. Tu en parleras ailleurs de cette héroïne inconnue. Il doit bien y avoir une minorité de vrais Parisiens dans le tas, mais c'est surtout des gens de province et de milieu modeste qui sont venus à Paris pour briller par leur différence et leur pseudo-érudition ailleurs que sur la place du village, supposes-tu. C'est vexant d'arriver là et de se rendre compte qu'en fait on est tous différents-pareils. À tel point que rien de surprenant et encore moins de décisif ne survient jamais dans ces conversations. Tout le monde remue les mêmes

références, les mêmes idées, les mêmes noms, et va véri-
fier que l'autre en face et l'autre à côté et l'autre derrière
est bien d'accord. On se « valide » les uns les autres. Et on
se grignote les idées pour bien compléter l'attirail. Et ça
se dit de gauche et anti-conformiste. Très rare de rencontrer une véritable altérité dans ce cloaque. Tu retournes
au bar prendre un verre, et tu aperçois enfin le dos noir
mastodonte d'Antoine. Il est habillé corbeau très chic.
L'air en forme. Il parle avec une femme. Tu t'approches,
timide. Encore plus que d'habitude, à cause de sa carrure
de géant – il s'agit de ne pas se faire écraser par accident.
« Vivianne ! Tu es venue, comme je suis content ! Je te
présente Claudia. Je vous préviens les filles, vous deux
c'est de la dynamite ! » Il est assurément bourré. Tu
diriges ton regard vers la Claudia en question. Claudia
c'est le prénom de ton arrière-grand-mère, femme de
ferme qui t'a fait vivre des moments de bonheur absolu
dans les étables, les poulaillers, les champs de blé et les
mares de grenouilles. Tes parents ont failli t'appeler
comme elle, mais comme c'était les années 90 et qu'il y
avait Claudia Schiffer, ils se sont dit que si à la sortie tu
t'avérais être un laideron, la vie n'allait pas être facile
avec un prénom pareil. Tu parles d'un calcul. Enfin voilà,
Claudia, un prénom qui t'évoque à la fois une arrière-
grand-mère pouilleuse et un sex-symbol. Transfert de
sympathie. Claudia de Paris te sourit. Un sourire intelligent. Électrochoc rare. Sa blondeur n'est pas blonde ; ses
iris verts ne sont pas verts, ses gencives roses ne sont pas
roses ; ses seins blancs ne sont pas blancs. Tu lui rends
son sourire. Là, il y a cette suspension cosmique qui se
produit quand on comprend qu'on a ce qu'on appelle
communément le « coup de foudre ». Tu ne sais plus si
c'est elle ou bien toi qui lance alors : « on va dans la pièce
à côté ? Ça génère immédiatement dans ton corps tout
entier un magma voluptueux tel qu'il te paraît insoutenable. Tu te souviens que tu saignes. Tu dis « le désir c'est
encore mieux quand ça se réalise au troisième degré. »

Antoine écarquille les yeux, il comprend dans quel état tu es – le même qu'une semaine auparavant, en réalité – et il applaudit. Foutus écrivains. « Claudia, je te présente Vivianne ! Elle est passée par de rudes moments récemment, tu sais. » Vous parlez un moment de l'affaire qui nous occupe ici depuis le début. Claudia, qui est plus âgée que toi, et qui porte sur le front ces rides qui attestent de l'adversité mieux que n'importe quel témoignage, t'écoute exprimer tes interrogations, tes doutes, et te dit gravement : « Tu as bien raison de n'en faire qu'à ta tête. N'écoute personne. Tu l'aimes. Fonce. Puisqu'il n'a pas le courage de venir vers toi, vas-y. C'est toujours comme ça avec les hommes, Vivianne. Ils finissent toujours par se comporter comme des poules mouillées. » Tu te ressers un verre. Tu en as marre, tu veux retrouver ton blockhaus, mais Sven te prend par le bras et te dit de le suivre, ils vont à une fête, ailleurs. Ça te fera du bien de danser, qu'il dit. Tu ne te souviens plus de la suite. Il y a un nuage de campari qui s'effile comme un rire de corsaire sous ton palet, il y a la batterie d'outre-monde de ce morceau de Can, *Animal Waves,* qu'Isaac t'avait fait découvrir un soir et que tu as imposé à tout ce petit monde, ce flot de percussions surhumaines, ta transe, le black-out, puis Sven et K. qui te portent dans les escaliers de ton immeuble et qui te mettent dans ton lit. Douceur, bonté de tes amis. Salaud d'Isaac. Ce qu'il te ferait pas faire.

Mercredi matin. Bruit de tronçonneuse aigüe, la sonnette. Tu tentes de te tenir debout, finis par y parvenir et ouvres la porte dans une tenue qui te semble décente sur le moment : un slip blanc et un tee-shirt Public Image Limited ; un type qui a l'air d'un plombier se tient devant toi, en sueur. « Oui, c'est pour quoi ? » Le type a l'air gêné. « Et bien… C'est-à-dire que… Vous aviez pris rendez-vous aujourd'hui avec ma société pour une intervention urgente. » Inutile de préciser que ça t'était complètement sorti de la tête. Tu déblayes tout, les livres, les papiers, les

carnets, les fétiches, les bouteilles, la vaisselle, les cen-
driers, pour que le type puisse réparer l'évier. « Ça va
prendre du temps. » Il fait encore très chaud. Tu vois le
bas de son dos velu qui perle. Tu prépares du café. Ça ne
vous ennuie pas la radio ? Ils passent du Kaija Saariaho.
Claudia t'écrit : « Viens me voir un de ces jours. » Tu
caresses le dos d'une mésange charbonnière. Isaac t'écrit,
te flatte. « Je t'aime tellement, c'est inhumain. » Tu parles.
Tu ne crois à rien de ce qu'il te dit. Il n'est pas là alors que
tu as besoin de lui, voilà qui dit tout. Sans parler du reste.
Il ne t'aime pas. C'est flagrant. C'est insupportable. C'est
trop. Il te manque trop. Tu dois savoir. Lui dire adieu ou
pas ? Tu as besoin de le voir pour continuer à croire que
vous vous aimez. Tu décides que, pour en avoir le cœur
net, il te suffira de lire et de mesurer l'absence ou la présence d'émotion sur son visage. *Private bullshit unlimited.*
Mais son visage a beau être celui d'un fou, il ne ment
jamais. Tu dois le voir, aujourd'hui. Ça te semble très raisonnable. La seule idée que tu aies eue en huit jours. Tu
te connectes sur le site de la SNCF et prends un aller-re-
tour pour la Corrèze dans la journée ; 150 euros, tant pis
pour les factures. Tu préviens Isaac. Il insiste pour que tu
passes au moins la nuit. Tu cèdes, comme toujours, et
changes le billet retour. Tu jubiles, en fait. Tu trépignes
en attendant que le plombier termine. Femme ridicule.
Sujet-objet, tremblant de l'être, tout en l'abhorrant. Trou-
vez-moi une meilleure définition. Le plombier s'en va. Tu
enfiles ta robe de vestale lunaire, glisses le papillon
d'aigue-marine dans ton sac, tires tes cheveux en arrière
et peins tes lèvres en rouge – la beauté est un argument
de poids, la beauté a presque toujours le dernier mot,
c'est injuste, mais c'est comme ça ; tu emportes la valise
qui pèse le poids d'un âne mort. Drôle de madone. Tu lui
fais descendre les étages en lui assénant des coups de
pied, elle glisse sur le velours brun. Un taxi te dépose à la
gare (tu effaces ici un lapsus : tu avais écrit « guerre »). Tu
n'arrives pas à croire à ce que tu es en train de faire. Ce

qu'il te fait faire. Tu ferais vraiment n'importe quoi pour ne pas le perdre. Et il le sait mieux que toi. Tu te méprises. Arrivée à la gare d'Austerlitz, tu crises, tu parles à voix haute « tu es dingue, Vivianne, dingue, dingue, dingue. » Tu ne sais plus si, dingue, tu l'es vraiment, ou si tu fais semblant de l'être. Tout comme ça. L'autofiction est immanente de toute façon. Tu montes dans le wagon. Tu t'assois où ça te chante. Tu as un mal fou à traîner cette foutue valise. Ton sang coule le long de ta cuisse. Tu te hais. Mais tu ne tenais plus sans lui, et puis tu avais envie de prendre le train, avoue, tu avais envie d'air. Sentir quelque chose. N'importe quoi. Les champs et puis ses yeux. Tu essayes d'ignorer les regards des hommes. La faute à la robe. Tu penses à cette vieille femme au début d'un roman de Lazlo Krashnahorkaï. Tu pries pour qu'il ne t'arrive pas la même chose. Tu tentes de te calmer, tu tentes de lire. Les *Lectures de Lautréamont* à la fin de l'exemplaire en pléiade que Marc t'avait offert. Tu prends toujours le livre qui correspond à ton humeur. Ça faisait longtemps que tu n'avais pas dû ressortir ce petit con de Ducasse. D'ailleurs, qu'est ce qu'il dirait de tout ça, Marc ? Tu aimes bien lire ces *lectures* à la fin, celle de Gracq, celle de Debord et Wollmann, etc. Et Sollers dans un entretien à *Ligne de risque* en 1997 qui dit (de Gide, il te semble) quelque chose comme « Chez lui la conscience du mal est faible, c'est comme ça que le prix Nobel vous tombe dessus. » Tu ne sais pas pourquoi tu racontes ça. Tu relates tout ce que tu peux. Chaque détail pourrait bien servir. Ça te rappelle encore Isaac cette phrase. Tu trouves une fleur de passiflore séchée au milieu du cinquième chant, elle a laissé une double rosace jaune vif et violette sur les mathématiques sévères ; on dirait du Redon. Tu ranges le livre. Tu prends le séminaire de Lacan sur l'angoisse. Ça ne va pas mieux des fois. Tu repousses les limites du kitsch, là. En voilà un accomplissement. De toute façon, pour nous, tout est kitsch, dès l'envoi. Alors, autant se faire plaisir. Que dis-tu ? Lacan t'énerve. Tu ne tiens pas en place. Tu as soif. Tu traverses les wagons dans le sens de la marche, les éoliennes tournoient, le ciel est gris comme l'orage, mais la lumière persiste, les champs de blé tirent encore, à peine, sur un vert acide – les formes et les couleurs du paysage te font penser à un tableau de Milton Avery – ; les hommes et les femmes te regardent, tout est fluorescent et sombre comme quand tu trouvais enfant ces vers la nuit dans les prés. Tu vois ton reflet dans les vitres. Ce salaud d'Isaac, il ne t'a peut-être jamais rendue plus belle qu'à cet instant. Tu es furieuse, contre lui, contre toi, contre Lacan, contre Sollers, contre tous les passagers du train ; surtout, contre ce qui loge entre leurs jambes. Tu as besoin de te calmer. Tu as besoin de boire. Tu arrives à la fin du train et tu tombes sur un contrôleur. Il te jauge de la tête au pied. Tes vertèbres grincent et tes muscles se crispent. Ce regard. Tu sais reconnaître un type *vraiment dangereux* quand tu en vois un. Alerte maximale. Le type te dit : « Les friandises, c'est dans l'autre sens, mais on peut peut-être s'arranger. » Tu fais *volt*-face. Tu traces, à contresens de la marche. Tu traces à toute vitesse. Tu sens le souffle du type dans ton cou. Il n'y a presque personne dans les compartiments de première. Tu *sens* le danger. « Pssst psssst, attends voir, toi. » Cette ordure va te violer dans les toilettes si tu ne te tires pas très vite. Ces yeux. Cours, *speed my speed*. Les sas assourdissants entre les wagons te fracturent le crâne. Avance. Tu ne te retournes pas, tu sais qu'il te suit encore, et tu *perçois* sa démence, sa violence prédatrice. Alors, comme souvent, trop souvent, c'est une femme qui te tire de là ; assise face à toi, voyant ton expression de terreur, elle alpague le type : « Excusez-moi, Monsieur, j'ai un renseignement à vous demander. » Tu continues de courir, alors que le paysage file fiévreusement dans le sens inverse. Tu te dis que ce chiasme est un symbole insolemment ironique. Tu atteins le wagon-bar. Tu prends quatre de ces petites bouteilles miniatures en plastique, retournes à ta place, et retrouves ton Lacan qui t'explique très clairement tout ce qui t'arrive. Tu n'en reviens pas. En gros, voilà ce que tu lis : l'angoisse c'est ce qui ne trompe pas, l'angoisse, c'est le hors de doute. Qu'est-ce qui est hors de doute, te demandes-tu ? La tromperie. L'amour. Mais est-ce la tromperie en particulier qui t'angoisse, ou bien la tromperie en général ? Le fait que tout soit tromperie. Ensuite le vieux dit : on s'illusionne par le doute. L'action emprunte à l'angoisse sa certitude. L'action est un leurre, les actes ne sont qu'un transfert d'angoisse. Et il ajoute : on ne s'aperçoit pas que ce sur quoi s'étend la conquête de notre discours revient toujours à montrer que c'est une immense duperie. L'angoisse c'est l'habitant, qui est l'hostile. L'angoisse c'est ce qui nous habite. Et l'absence est la reine du jeu. Ce qui est craint, c'est le manque du manque. On ne peut que se substituer à son propre double pour accéder à son désir. On cherche à atteindre la désubjectivation la plus radicale pour accéder à sa position de sujet. Ça ne se peut pas, et on va quand même pouvoir, qu'il dit. Ce qui est craint, c'est la contemplation de la facticité. Et cetera. Merci docteur, et de le savoir, est-ce que ça va changer quoi que ce soit ? Non ? Merci Docteur.

Deux heures ont passé depuis Austerlitz, et comme d'habitude, tu ne tiens pas le coup : tu vas fumer, sans même prendre la peine de te cacher dans les toilettes. Un convoi d'oiseaux-punks passe devant toi, avec leurs cliquetis de chaînes et de clous, leurs immenses crêtes teintées de rose, de vert ou de bleu ; ils ne t'accordent pas un regard. Puis un autre type passe à côté de toi et ta cigarette de pseudo-rebelle, ; il n'a pas trente ans, porte des mocassins italiens et une chemise à rayures braillée dans son pantalon chino. Il s'esclaffe en te voyant avec ta clope. La transgression, ça n'amuse plus que les petits bourgeois. Tu t'énerves.

Arrivée à destination, tu es à jeun et ivre. É-branlée. Tu traînes cette valise impossible. Le clocher sonne sept fois. Le ciel frôle l'averse, tout frémit autour d'un arc-en-ciel gigantesque qui tombe sur la ville comme une plume dans un encrier. Tu t'allumes une autre cigarette, mais à l'envers, le bout du papier blanc est taché de ton rouge à lèvres, et va savoir pourquoi, ça t'excite – tu en portes une nouvelle à ta bouche, dans le bon sens, pose un instant la valise de dix tonnes. Tu trembles sous le préau de la gare. Fixes l'arc-en-ciel. Quelque chose qui cloche. Il clignote, l'arc-en-ciel, et ses couleurs s'entortillent entre elles comme une séquence ADN détraquée.

La ville est une fournaise, une cuve d'air bouillant. Elle te rappelle tes origines pascaliennes. Tu t'enfonces dans ses gouffres humbles. Les façades décrépies, peintes par endroits de typographies épaisses qui vantaient jadis « literie », « vêtements », ou « cordonnerie », suintent à la verticale. Le sex-shop « Le Chérubin » est fermé, depuis dix ans peut-être ; il n'y a que des ouvriers torse nu dans la rue piétonne. Personne d'autre. C'est l'heure du feuilleton. Ici la vie passe encore au rythme des horaires de bus et des feuilletons télévisés. Les haut-parleurs installés en surplomb de la rue et diffusant d'ordinaire Radio Nostalgie, pour l'égayer paraît-il, ne fonctionnent fort heureusement pas. Tu sens des relents de « Terre » d'Hermès et de déodorant Scorpio. Tu entends un air de Sade qui se défenestre. *Hang out to your love.* Très drôle. Tu remarques que l'agence de voyages Thomas Cook se trouve juste en face des Assedic. Tu ne trouves pas ça très fair-play. Tu passes l'église et continues de descendre en direction de la grande place. Une femme dodeline de la tête devant un horodateur. Tu esquives un autre crève-l'amour qui t'a suivie jusqu'ici depuis la gare et te demande ce qu'une fille comme toi fait dans ce trou. Tu réponds que c'est pas ses oignons. Tu donnes de la monnaie à une mendiante. Puis à un autre mendiant. Tu dépasses le magasin multi-marques Blue Box ; longes les plaques de cuivres usées des avocats et médecins de campagne, les grilles ensauvagées d'hortensias et de glycines qui dissimulent leurs petits palais de pierres grises, leur ennui, leurs sacerdoces ; puis le centre culturel, le magasin Femme Femme, « la mode à votre taille du 40 au 70 ». Là tu trouves un taxi. Il t'emmène jusqu'au village par la fine route qui serpente entre les lisières. Ton rythme cardiaque s'accélère, pendant que le chauffeur te raconte qu'avant de faire ce boulot, il avait travaillé pendant près de vingt ans derrière le même bureau à la Sécurité sociale. Ici on s'ennuie un peu, mais pas tant que ça, et c'est pas pire que Paris. Pendant ce temps-là tu te rends compte d'où tu te trouves, et face à qui tu vas te retrouver dans quelques minutes. Qu'est-ce que tu fais là ? Tu ne contrôles rien. Qu'est ce que tu vas faire ? Comme d'habitude, tu ne prépares rien, ni tes phrases, ni tes attitudes, ni tes actes. Comme d'habitude tu improvises. Qu'est-ce que tu vas lui dire ? La voiture arrive et s'arrête devant la maison. Isaac sort. Il n'a pas l'air fier. Et toi non plus tu n'en mènes pas large, mais l'alcool aidant, tu te dégages de la voiture comme si tu étais Aphrodite sortant de l'onde en personne. Alors qu'il se tient devant toi, osant un contact visuel des plus engoncés, tu lui colles trois baffes, et lui dit : « Où qu'tétais ?! » Il peut t'arriver d'être drôle. Tu scrutes son visage. C'est son visage qui décidera de la suite. Tu vois alors ce qui ne peut se dire. C'est entre vous. Les gris, les bleus, les ecchymoses, le meilleur d'Isaac te saute aux yeux. Rien ne ment, tout s'abandonne dans ces entrelacs psycho-chimiques. L'amour est comme ces flaques de fioul lascives qui lèchent les trottoirs. Tu penses à ça sur le moment, tout en sachant que ça ne veut rien dire. Vous vous regardez et c'est bon, ça heurte. Aucun doute, ce salaud t'aime. Il s'y prend comme le dernier des branques, mais il t'aime, et mieux que personne en fin de compte.

Il traîne sa lourde valise sans mot dire. Tu entres dans la maison, les pans de ta robe toisent le sol jonché de livres, de disques, de toiles d'araignées trois fois plus vieilles que tes propres os, de bûches, de secrets graves et légers, de solitude, de concentration, de paresse. Vous vous installez dans la cuisine.

Tu n'as plus d'autre choix, pour entériner la dangereuse ébullition et l'oppression qu'exercent sur ta conscience cet aveuglement, cette confusion, cette solitude étrangère, cette intranquillité, cette dépossession, cette amputation, ce trac souffreteux du réel – qui s'accumulent depuis bien trop de jours, bien trop de nuits, que de les donner en représentation ; *hic et nunc*, pour Isaac. Car il faut qu'il se les figure. Il faut qu'il se rende compte – *qu'il voit ce qu'il t'a fait*. Qu'il craigne le pire et ne sache plus quoi croire venant de toi, exactement comme il te l'a fait éprouver, avec ces déclarations d'amour et de loyauté fallacieuses, cette lettre de suicide frauduleuse, cette *prise* épouvantable. Une représentation extatique, peut-être poussive, que tu ne peux, dans l'état présent de ta fébrilité, que formaliser en un élan psychodramatique, comme dans ces mélo pseudo-psychanalytiques ridicules que tu méprises et qui t'ennuient tant. (Les films de Depleschin pour n'en citer qu'un seul exemple.) Trahir sa confiance en toi. Te faire passer pour folle. L'épouvanter en retour. Dans la cuisine antédiluvienne tes bras se désarticulent, tes yeux crépitent, ta poitrine vitupère, assez froidement d'abord, dans une retenue explosive. Tout devient son contraire, des paroles sages et compatissantes sortent de ta bouche garance, puis des menaces, et cette lame que tu tiens fermement entre tes doigts d'enfant et qui lacère le néant. Ça y est, Isaac a peur. Il te croit capable de l'attaquer. Tu te radoucis, puis aussitôt tu repars au quart de tour. Tu tiens la cadence de ces fluctuations démentes pendant un long moment. Tu manies bien l'étrange maximum, salope cérébrale, les contraires concomitants, c'est ça ton *truc*. Tu sais trop bien l'importance des ouvertures, des prologues, des chants guerriers et puis leurs déroulements ; les charmes hypnotisants de plis et déplis ; la violence cryptée dans des murmures précisément imprécis, implacables, efficaces comme des agents doubles ; c'est la puissance des frimas glacés qui innervent en secret une tiédeur spectrale ; aréopage victorieux, car paradoxal, toujours fidèle aux avants-postes du possible, et inversement. Sournoise, lourde, tu te comprends. Par cette impitoyable technique, il t'arrive quelquefois d'effleurer la justesse, voir ce que personne n'avait vu auparavant, par conformisme. Tu n'y penses pas sur le moment, bien sûr. Tout cela est depuis longtemps intégré, c'est ta petite ritournelle surmoïque, tu n'en as pas instantanément conscience – et tu te crois naïve, primaire. Si dévouée aux principes de déséquilibre et de rupture ; à la netteté du flou et à la fugue anarchique, que tu crois vraiment n'avoir ni forme ni style qui te soient propres ; mais si ces principes te sont devenus invisibles, ils ne sont pas dissolus pour autant ; et leur imperceptibilité n'est peut-être que le signe qu'enfin, tu maîtrises ton allure de brume au point de ne même plus avoir à t'en soucier, que ces protocoles baroques sont maintenant comme un automatisme, ils infusent tous tes réflexes cognitifs, comme une espèce d'instinct de survie *esthétique* – tu le vois clairement, ce soir, à la lumière de ta démonstration de multiplicité spectaculaire, ta volonté est au-delà du volontarisme, ton intuition est aveugle à elle-même, indépendante, elle efface ses propres traces sans avoir à consulter ton entendement – ou bien, peut-être, t'es-tu depuis bien longtemps assurée d'ensevelir par toi-même le cœur de ta machinerie subjective dans un oubli des plus opaques, afin que celui-ci subsiste, intact. Il faut apprendre à ignorer ce que l'on a découvert de plus précieux en soi-même, oublier complètement l'endroit où l'on a dissimulé son trésor, son exception, son incompatibilité radicale, sa certitude. C'est ce que les sages entendent peut-être dans cet impératif galvaudé : désapprends. Oublie, mais conserve. Pourquoi faire ? Peut-être n'en es-tu pas si fière. Peut-être sens-tu que tu ne parles en fait que de *lâcheté*. Peut-être sais-tu que ces acrobaties dialectiques causent plus de mal que de bien en définitive. Mais tu t'égares, il faut que tu poursuives ta lamentable diégèse.

À quelques centimètres du sol, des fibrilles de mousses et des paillettes d'écorces destinées au feu supplient la soie de ta robe de les garder ainsi fixées, éparses, aériennes sur un fond d'huile d'argan, d'essence de santal, de rencontres étrangères. Ta soie les prie de même : donnez-moi à connaître votre terre humide, vos insectes d'argent et d'améthyste, vos ronces, vos lichens, vos moisissures pâles. Passagères clandestines, parlez-moi de votre monde inerte ; je vous parlerai du mien ; comme cela nous fera du bien, dit-elle. Pendant ce temps là tu virevoltes dans ta rhapsodie colérique.

Tu as suffisamment bu d'alcool pour te prendre à ton propre jeu : tu émets des feulements et des borborygmes de féline à plumes épileptiques – ta diatribe suinte le napalm : Arrête de te foutre de moi Isaac ! Tu n'as rien trouvé de mieux à faire pour que je te quitte, hein, c'est ça que tu as voulu faire, avoue ! Et tu n'es même pas revenu pour réparer les dégâts ! Et c'est à moi de venir ici pour qu'on puisse se parler ! Avec tes affaires ! Et tu prétends m'aimer ! Tu es le putain de noumène de l'immonde ! Comment peut- on être aussi égocentrique ?! Pourquoi as-tu fait ça Isaac ? Pourquoi ce cirque sordide ? Comment as-tu pu *vouloir* nous faire croire à tous que tu t'étais suicidé ?! Pourquoi cette machination *grotesque* ? Explique-moi ! Pourquoi m'as-tu fait un coup aussi abject, à moi ?! Personne ne me traite comme ça ! Tu te rends compte de l'état dans lequel tu m'as mise ?! Personne n'a le droit de me mettre dans cet état là ! Personne ne peut me manipuler comme ça ! Et tu t'es servi de moi pour alerter tous les autres ! Et tu crois t'en tirer avec quelques messages, quelques lettres ? Plus personne ne te fait confiance, espèce d'ordure ! Tu n'as fait que te ridiculiser, tu n'inspires plus à tes proches que de la lassitude. Tu n'es qu'un sale gosse inconséquent et perfide, tu n'es qu'un traître. Et cetera. Le voilà enfin, le climax de ton opprobre méphitique.

C'est comme si tu te trouvais encerclée de stroboscopes et saturée d'ecstasy, dans un de ces clubs d'anthologie dédiés à la techno, ou dans une rave-party interminable et sans contours. (Voilà, ça me vient, là, comme ça, écoutez donc *Don't laugh* de Josh Wink, vous vous ferez une idée assez précise de la rythmique.) Dans le tremblé de tes 180 battements par minutes, les pots, les vases, les plats de porcelaine craignent le pire. Isaac dit : « Arrête de dire n'importe quoi, je t'aime, idiote ! J'ai pété les plombs, je ne pensais plus à rien. Je ne peux pas te demander pardon, Vivianne, je suis impardonnable. Ce que j'ai fait est ridicule. C'était une fausse psychose, une espèce de situationnisme glauque, un délire actionniste à deux balles, un gros caca nerveux, voilà tout. Je ne sais pas ce qui m'a pris. Je n'ai aucune excuse. » Et ses bras tremblants enlacent ta chair outrée. Vos hontes se télescopent, et voilà que tes larmes abondent. Vous êtes tellement ridicules. Les convulsions de tes muscles se brisent sur son enveloppe hâve. À cet instant, tu détestes les hommes, leur complaisance systématique à laisser se déposer sur leurs épaules les pleurs d'une paupière transie. Quelle vulgarité. Quelle cruauté malsaine. Quelle perversion. Ton visage enfoui dans ses clavicules, tu enrages tant que tu as honte de toi-même, de ne pas savoir te retenir de pleurer, de ne pouvoir faire autre chose qu'un esclandre ; et, pensant cela précisément, tu pousses un rugissement humide et infliges à l'épaule d'Isaac une morsure immodérée ; Isaac est une vraie chochotte, pourtant il ne réagit pas. Il sait probablement qu'il ne pourra te calmer qu'ainsi : en n'entrant surtout pas dans ton jeu. En ne soufflant sur aucune braise. Apparemment stoïque, il te prie de te calmer. Il feint la crainte, mais il ne tait pas sa lassitude. Il obstrue volontairement tout passage pour quelque expression d'empathie. Il ne répond pas. Isaac a presque toutes les qualités d'une femme, sauf le courage, c'est-à-dire la compassion et l'empathie *actives*, et la générosité, toutes deux nécessairement excessives, indispensablement sacrificielles, énergivores. *Elles* savent. Il ne pouvait sacrifier ni son orgueil ni sa superbe ; il était homme tout simplement. Incapable de sortir de lui-même, de prodiguer quelque effort pour soulager la douleur de l'autre, ni de se trahir par fidélité à un idéal. Il pensait qu'il était systématiquement préférable de se cacher en attendant que l'orage passe. (Si les hommes n'ont jamais d'autre idéal que leur propre idée d'eux-mêmes, les femelles servent en premier lieu l'idée de leur genre avant leur singularité propre, la créature-femme est une sorte d'idéal immanentiste ambulant – il y a des avantages et des inconvénients dans les deux camps, et il y aurait beaucoup à dire, mais ce n'est pas le lieu ni le moment.) Néanmoins, dans le cas présent, il était fort heureux qu'Isaac soit homme, car deux femmes de vos trempes respectives se seraient probablement entretuées sur le champ. Te prenant ainsi de haut, ne cédant rien à ta peine, à ta rage et à ton incompréhension immenses, il domptait instantanément ta fureur ; mais il abîmait aussi, de manière profonde, durable, ton orgueil déjà bien esquinté. Il ne pouvait pas le savoir, mais les consé-quences de cette surdité volontaire ne se dévoileraient, dans leur laideur et leur non-sens, que bien loin d'ici, plus tard. Dans la cuisine, tes paroles et tes pensées fusent à une vitesse déraisonnable, c'est un chaos d'af-fects comme tu en as rarement connu. Tu es accablée. Les derniers évènements l'avaient encore prouvé, Isaac, lui-même et rien que lui-même, « sa pensée » – c'est-à-dire son travail, étaient ses seules priorités. Il n'avait res-senti aucune gêne à te laisser seule, aux prises avec tes séquelles et tes doutes, après sa disparition. Aussi, tu ne pouvais te faire d'illusions quant à son amour pour toi (et quant à ce que pouvait bien valoir l'amour en géné-ral, mais éludons, éludons...), il était plus que faible, et il s'en servait comme d'une excuse – toi tu le trouvais tout simplement dégoutant (tout en ne pouvant t'empê-cher de le comprendre et de l'aimer – allez comprendre) ;

tu pouvais néanmoins te raccrocher à quelques vérités tangibles (tu voulais, ne serait-ce que par orgueil, trouver un peu de sens et de vérité à la périphérie de cette histoire ahurissante, quitte à l'inventer) elles prenaient source dans la véracité de son désir. Et le désir, lorsque tu te tenais face à lui, hantait tout à fait son regard et ses cordes vocales embués de crépitements omnicolores et cristallins – cela, même dans tes pires phases de paranoïa, tu ne pouvais l'ignorer – c'était du jamais-vu, personne ne t'avait jamais regardée comme ça ; et si ce désir ne pouvait se passer des douteux apparats de l'amour *déclaré solennellement,* pour atteindre une jouissance qui puisse prétendre à l'exceptionnel, qu'à cela ne tienne. Tu t'en contenterais. Tu ne pouvais plus croire cette asymptote absolue et indestructible dont Isaac te parlait inlassablement. Si une telle chose existait, il n'aurait pas pu t'abandonner.

Il n'avait pas été à la hauteur : voilà ce qui au fond te rendait folle. Il t'avait déçue, lui !

Cette désillusion vers laquelle Isaac t'avait, peut-être, sciemment attirée, et qu'il te regardait maintenant combattre tout en la légitimant de toi-même, était plus violente que le mensonge, plus cruelle que la duperie ; cette désillusion était plus pernicieuse que l'illusion même, pourtant elle était nécessaire : elle disait une vérité. Et il fallait que tu la comprennes par toi-même, traverser ta propre mise à l'épreuve, pour l'intégrer entièrement et la dépasser. Même s'il avait eu le courage de l'avouer, cette vérité, il ne l'aurait pas fait, car tu n'aurais pas su la comprendre. Elle s'avérait ainsi plus monstrueuse que la plus monstrueuse des illusions. Mais toute vérité n'est-elle pas littéralement *aberrante* ? Drôle d'initiation.

L'amour, en tant que fait culturel, n'intéressait pas Isaac-le-philosophe-ayant-tout-vu-tout-compris ; et la bonté était hypocrisie, chimère ; le désintéressement légende oiseuse. Bien-pensance que tout ça. Le pur égoïsme était encore ce qu'il y avait de moins criminel. L'amour quant

à lui n'était que moyen, outil, appareillage abscons. L'économie rituelle des voluptés, la schize désirante, auto-pa-
rodiées, sur-représentées, étaient, elles, dignes d'être
vécues. C'était déjà plus solide : on ne pouvait se fier qu'à
la seule magie du plaisir. Cet état de fait était à prendre
ou à laisser, selon lui. Et à laisser pour quoi d'autre ? Y
avait-il d'autre choix ? Tu ne pourrais plus jamais faire
demi-tour, car une fois acquis, ce genre de savoir est inévitable. Le pragmatisme est un mal incurable. Et tu ne
pouvais aller vers autre chose : cette magie, ce jeu ; ils
fonctionnaient trop parfaitement entre vous. Ces atroci-
tés, arbitraires, brutales certes, puisqu'humaines – mais
sublimées en symphonie de l'infini – étaient l'art que
vous érigeriez (ou non) à l'avenir ; la poursuite (ou l'an-
nihilation) de leurs apparitions, la délicate orchestration
de leur acidité, dans la vaste et complexe enceinte de la
cathédrale – la cachette infinie, tout un monde volé au
monde – que vos liens extraordinaires avaient construite,
sans même peut-être le savoir ni le vouloir tout à fait,
était la seule question et la seule réponse possibles à la
méchanceté conventionnelle. Il fallait une sublimation
au *second degré*. Ce n'était pas du cynisme, non, il fallait
bien que tu te mettes ça en tête ; c'était la seule vérité,
belle parce que cruelle, cruelle parce que belle ; l'amour
est un mythe cruel ne s'avouant jamais comme tel, un
conte trompeur et aliénant ; l'amour n'est que l'adju-
vant du désir ; le lieutenant, voire le sous-lieutenant de
la jouissance – il est ce pauvre maître asservi décrit dans
la dialectique hégélienne ; et voilà précisément tout. Il
s'agissait donc de frayer un passage à la barbarie amoureuse dans toutes les couches de la vie quotidienne, de
l'amitié, de la solitude, de la pensée, afin de la destituer.

Tout ne tient jamais, pour nous, qu'au fragile tissu
d'affects de ces avant, pendant et après minuscules. Tout
ne tient qu'à la minutie de leurs articulations précaires.
Et il t'avait suffi de l'observer, à la manière d'une incorruptible scientifique du sentiment, au microscope de

cet hapax hystérico-neurasthénique, pour savoir que la partie de griserie pourrait durer encore longtemps entre vous deux. Car Isaac et toi aviez désormais percé les derniers plafonds des codifications anthropologiques, de la décence, de la bienséance, et de ta mièvrerie infantile, et tu n'avais pas eu peur au point de t'enfuir, puisque tu l'aimais *vraiment* ; voilà qui laissait présager de grandes aventures. Ni lui ni toi ne pouvait le nier : une justesse inégalable s'imposait à chacune de vos rencontres, si incohérentes qu'elles fussent, elles étaient toujours justes, par leur déséquilibre même. Et si sa présence était insupportable, son absence était encore bien pire.

Isaac ne t'obsède pas, il ne te tourmente pas ; il te hante et il te trouble. Et tu ne connais que lui. Vos folies s'accordent, en un mot comme en cent ; et vous vous élevez vers un ailleurs total.

Aussi l'expérience Isaac-Vivianne était loin d'avoir révélé tout ce qu'elle contenait de miraculeux. (Ce contenu est indéfinissable – ou *tu ne veux pas tout en dire*.) Tu es capable de le suivre, et il est capable de te suivre, syncope après syncope, traîtrise après traîtrise – ce n'est tout de même pas rien. Tu as su faire une place à sa déloyauté. Tu as su faire une place à tout ce qu'il est.

Votre *expérience* pouvait encore durer longtemps, tu n'en doutais plus. Tu n'aurais jamais pu supporter le constat contraire ; tu l'aimais trop ; et, toute libre que tu étais, tu lui étais entièrement acquise, et il le savait – mais ce soir, tu croyais avoir su dissimuler cette dévotion désespérante, juste assez pour qu'il en doute un peu. Après tout, ta déception était réelle, et tu avais peut-être même cessé de l'aimer pendant quelques heures – ce serait la matière première de ton exagération tactique – mais l'important était pour toi de constater que la déception, la désillusion et l'amertume n'étaient pas assez puissantes pour éteindre l'amour que tu lui portais, *encore, coûte que coûte*. Il comprit tout cela par avance, et feignit d'être crédule – comme toi. Dupes et non-dupes à la fois. Ahuris et lucides, vous saviez tout ce qu'il y avait ici à savoir. Vous aviez tout maquillé à outrance et ainsi vous aviez tout dit.

Factice est le chaos. Vous ne faisiez que jouer. Le pacte était scellé ; la confiance ressuscitée par le sacrifice de la sorcière Pureté. Et l'anarchie couronnée. Il est minuit. Vous vous dites tout cela dans la cuisine, comme une pause, un retrait momentané, une aparté ; puis un échange de regards ivres et complices pour cadenasser votre drôle d'alliance. Le calme retrouvé, dans une déclaration de méta-guerre totale, et les promesses d'une infinitisation aussi sacerdotale qu'excitante. Vous mettrez l'amour à feu et à sang rituel pour mieux le consacrer. Personne d'autre que vous ne comprendrait, mais vous n'aviez rien à justifier, vous vous aimiez un point c'est tout. D'ailleurs vous-même, vous vous y perdriez de temps à autre – c'est le jeu – mais vous ne vous laisseriez pas tomber, ça ne faisait plus aucun doute. Silence dans la cuisine. Les toiles d'araignées ont cessé de frémir au gré des ondes. Les bouteilles sont vides.

Vous montez dans la chambre. Isaac se confond dans ta silhouette à demi-nue, elle se découpe dans le clair-obscur du couloir. Tu jubiles ; il tremble. Le parquet craque, les murs retiennent leurs souffles immémoriaux, leurs bêtes à longues pattes, leurs averses tectoniques. Tu tournes les talons, te défais de leurs claquements couverts de verni rouge, les saupoudres de dentelle ; tu saisis ses poignets maigres et les enfonces dans l'îlot à ressorts du vieux lit. L'air de la campagne feint de ne rien voir de cette apocalypse, de ce scandale entéléchique en approche ; les grillons tiennent la note quand ta cuisse de terre de Sienne écarte ses jambes de héron. Tu lui ordonnes d'abord de se retourner. Sans l'ombre d'une délicatesse, tu enfonces ton index dans le rectum, comme on traverserait une flamme sans en sentir la chaleur. Il s'y attendait, cela se sent. Il le voulait. Son corps tout entier t'attend, il est béant. Il s'attend à une punition sévère, et c'est bien volontiers que tu la lui amènes.

Tu ne le sens jamais plus vivant qu'à ce moment de bascule, ce moment de *trac*. Car vous entrez en scène. Tu sais que c'est encore son jeu ; tout cela, c'est encore sa décision, sa *situation*. Il a tout fait pour mériter tes sévices, et pour que tu y tiennes autant que lui. Il sait aussi que tu en es consciente, et que cela redoublera ta cruauté. Isaac a toujours compté sur toi pour comprendre vite et bien agir. Il sait que tu ne résistes jamais à de telles mises à l'épreuve – puisqu'elles te sont également salutaires. Ces défis et ces victoires, il t'en fait cadeau. Il a toujours eu cette double longueur d'avance sur toi, c'est d'ailleurs ce qui le distingue de tous les autres, ce qui force ton admiration et ta curiosité : transparent et opaque à la fois, il est capable de te tenter, puis de te surprendre, enfin de te parfaire, comme un démiurge, certes. Cette magie-là, il est le seul à pouvoir te l'offrir, et tu la désires désormais plus que toute autre chose ; tu ne peux te passer de cette maîtrise maîtrisée, se découvrant par elle-même, toujours et seulement en temps et en heure ; cette opération exquise, c'est une auréole de beauté, reposant sur une intelligence tacite ; une coordination évolutive et totale, spontanée, comme un pas de danse événementiel, une poésie commune. C'est aussi une affaire de justice. Maîtresse et esclave ; juge et condamnée. Tu es sa marionnette marionnettiste, en quelque sorte, et si fière de l'être, élevée par ta propre coercition. Tu apprends les règles à mesure que tu les inculques. Il en va symétriquement de même pour lui. Vous jouez à être libres.

Tu plonges ta main tout entière dans sa tendre chair – Isaac hurle. Tu dis : « Tu sais que c'est tout ce que tu mérites, espèce de salaud, tu devrais avoir honte. » Tu serres le poing, le fais tourner au plus profond du corridor carmin de ses entrailles, comme la clé d'un millénaire aveugle. « Tu n'es qu'un petit vicelard. » Isaac crie : « Oui ! Je suis un salaud, un vicelard ! Je t'aime, Vivianne, oh, je t'aime tant ! Pardon ! J'ai honte, j'ai si honte ! Pardon ! » Tu dissimules un rire. Lui aussi, peut-être. Ta voix est grave et sévère. La sienne est étranglée d'aigus surnaturels. Ses tremblements te montent à la tête. Ses yeux brillent dans le noir comme des vers luisants, font rutiler les plis des draperies désastreuses. Tes cuisses sont trempées. À mesure que tu le châties et l'insultes, tu t'interroges, comment une émotion si claire, si pure, comment tant de plaisir peuvent-ils surgir de la douleur et de la putréfaction mêmes ? Tu connais la réponse. C'est tellement limpide, ça n'a vraiment rien de mystérieux. Et c'est si beau à voir, une conjuration. Tu continues le rituel, bâillonnes sa gueule d'ange avec ta paume moite, pendant que ton autre main danse dans l'innommable. L'émail de tes dents brûle sa peau. Puis tu saisis sa chevelure finement chromée, comme une chienne bienveillante et sévère tu attrapes ton chiot basané d'insolence par la peau du cou. Tu empoignes sa tête et la portes aux confins de tes parenthèses magmatiques. Tu sais que tu saignes. Ta voix est lente et rauque, tu dis : « Bois, ceci est mon sang. » Isaac plonge dans ton sexe comme dans un bain de lait chaud, sa langue se démène, confiante, experte, amoureuse. Tu es émue comme lorsque tu te tiens face à la mer. Tu traverses tous les états de la terre et du ciel. Tu frôles l'épectase. Seul un esprit très nettement supérieur peut atteindre de pareilles prouesses d'orfèvreries érotiques. Il maîtrise chacune de tes fibres nerveuses à la manière d'un violoncelliste virtuose. Tu n'aurais jamais cru connaître ça. Toute femme recherche un tel amant (une telle amante) ; précis, attentif, subtil, imaginatif, fascinant, juste ; ce qu'Isaac te délivre est encore meilleur que tes meilleurs secrets d'extases solitaires. Tu flottes sur une houle de fièvres hallucinantes, et, insatiable, tu en redemandes. Étourdie par les cascades orgasmiques, brûlante, baveuse, tu lui as tout pardonné à cet instant, et tu le laisses entrer. Vous voici réduits à vos seuls organes sexuels, deux fruits aussi mûrs que déments qui s'entre-dévorent passionnément. Un à un, chacun des rôles que vos génies parviennent à

:er valsent et valsent encore ; vous vous prenez l'un
 autre ; sans poser de limite à vos imaginations respectives ; votre amour ne peut s'interdire aucune dimension,
chacun de vos doubles trouve son histoire à inventer, son
geste à esquisser, son exception à revendiquer, son épi-
thalame à chanter ; tous les thèmes, tous les registres,
tous les spectres, toutes les anomalies se rencontrent,
s'embrassent, s'influencent, se séparent, s'abandonnent
aux audaces les plus variées. Des heures durant, les
incandescences protéiformes de vos atomes se confient
leurs secrets indicibles, et l'obscurité les protège inexo-
rablement du monde. Vos souffrances se respectent,
s'écoutent, se consolent. Vous faites de vos souffrances
un miel. Vous vagabondez dans les océans sensationnels.

Ce que tu essayes de décrire ici, ce n'est pas du sexe,
mais de la rhétorique – une rhétorique vertébrée de tragédie. La mélancolie des dieux qui s'épand dans la ronde
monstrative d'*hubris* et *katharsis*. Vos cris, vos larmes, vos
spasmes, vos rires orgasmiques, ce sont les signes de votre
intelligence. Vos sensations, vos intuitions sont comme
les deux ailes d'un seul et même grand oiseau de mer.

La nuit passe ainsi : il y a des bruits d'os qui craquent,
de membres qui claquent les uns contre les autres comme
les vagues de courants contraires. Il y a tes ahannements
qui cette fois disent oui, oui, oui, oui, oui ; il y a sa langue
pendante, ses yeux exorbités, ses cheveux en bataille ; il
y a tes muscles d'amazone, ta chevelure de Gorgone, ta
vulve de dragon exsangue, ta croupe ondulante comme
un serpent à sonnette ; il y a ta mâchoire serrée, sa verge
comme un bâton de dynamite blanche ; il y a vos nectars
d'opales visqueuses ; il y a vos scansions éperdues ; il y
a la violence des sommets de montagnes et des volcans
sous-marins ; il y a la brûlure du gel sur la chair qui brave
la vitesse de la lumière ; il y a la foudre qui frappe à
maintes reprises vos veines, vos artères, vos cerveaux ; il
y a ces micro-connections qui saturent de délices kaléi-
doscopiques vos colonnes vertébrales ; il y a la douceur

parfaite, la finesse contenue dans chacun de ces ajustements. Il y a l'irrationalisme triomphant, par cette ultra-rationalité sexuelle même. Puis il y a la syncope de l'esprit dans le temps, où l'instant de sa chute est aussi celui de son apothéose. La disparition vive. L'épuisement de vos folies enlacées ; l'endormissement soudain ; les rêves entremêlés et disjoints que votre secret protège.

Jeudi matin. L'aurore crépusculaire ; les lucarnes ne luisent pas encore. Une mésange charbonnière passe, par quelques bonds gracieux, elle frôle l'embrasure de la porte ouverte sur le balcon et sur le jardin sauvage. Elle ne retire jamais son masque de Fantômette. C'est ta favorite. Sur les toits, de rares ardoises ont déjà l'insolence de scintiller ; excentriques, elles se cambrent vers la lumière comme ces écailles déformées par quelque choc sur le dos des grands poissons anthracites, se gorgent peu à peu d'une salive d'or bruissant – tandis que vos corps exténués traversent le dernier pont d'entre le sommeil et l'éveil, se meuvent inconsciemment dans les marécages bruns libérés par leur tumulte nocturne. La bleuté de l'heure les empêche encore de parler de crasse ; ces taches, elles ressemblent à un champ de bataille qu'aucun enfant n'aurait encore découvert. L'innocence tiendra encore bon pendant quelques heures. Des guirlandes de paillettes fraîches tombent au plafond. Isaac et toi formez ensemble une longue torsade d'or et d'ivoire. Le duvet de vos doigts, de vos bouches, de vos membres est recouvert de poisse fine. Les champs de blé alentour se gonflent d'étincelles de rosée, mais ils font pâle figure en comparaison. Des milliers d'oiseaux entremêlent leurs algèbres polyphoniques. Leurs mystères foisonnent, leurs mathèmes se chamaillent ; tandis que les branches clairsemées d'obscurité respirent à pleins poumons des silences, des ombres graciles. Les gouttes d'eau sur la corde à linge fabriquent un long collier de perles de Venise. Il n'en manque pas une.

Tu viens d'ouvrir les yeux, mais est-ce pour autant l'éveil ? Quelque chose a changé en toi. Depuis quand n'as-tu pas été apaisée de la sorte ? Où est Belladonne ? Quand reviendra-t-elle ? C'est ce qu'il appelle l'ataraxie, et tu sais d'expérience qu'elle ne dure jamais bien longtemps, mais à présent, ton corps s'est métamorphosé en nigelle de Damas ; tes yeux sont deux oxalys orientaux. (Tu les reconnais au toucher puis à l'odeur.) Tu te meus et respires lentement, comme un nautile en son royaume d'abysses. Le tulle d'un temps cyclopéen vous enveloppe dans cette chambre vétuste qui ressemble au noyau du monde. Ici tout est usé, hyperboréen, pourtant vous êtes là et vous avez chaud. Vous êtes neufs pourtant ; et si tout est ancien, rien ne semble ruiné. C'est étonnant. Les ruines sont loin d'ici, dans les bras des villes et des fleuves détournés.

Enfin, les apparitions atteignent l'intérieur. Les murs sont pâles, comme le ciel hivernal d'un mythe oublié, leur texture est crayeuse, voire calcaire, ils craquellent, mais la brillance des plinthes encadrant les deux portes qui les perforent brusque leur tranquillité de fresque archaïque par son aspect solide ; larges et proéminentes, elles sont beaucoup plus vives, turquoises presque, elles tranchent luxueusement – elles sont aussi une parure habillant le sol. Les lattes noirâtres du parquet viennent d'un chêne colossal ; des débris de feuilles mortes, quelque bijou peut-être, dorment dans leurs interstices ; l'ampoule, au centre de la forme carrée du haut plafond blanc, est suspendue à une cordelette électrique nouée à la va-vite ; la fuite qui s'étend tranquillement depuis 1950 dans le coin supérieur gauche de la chambre vient du grenier, ses sinuosités brunes te rappellent ces récifs coralliens que l'on distingue vu d'avion ; les éventails d'écume d'une mer d'encre mousseuse ; le tressage d'osier criblé d'abîmes hirsutes de ces fauteuils remisés à la cave ; ces dessins de paysages lunaires que les millénaires tracent sur des marbres stratifiés que l'on nomme paésines, à des milliers de kilomètres sous la terre ; les pétales d'un iris qui se fane ; les lignes d'un dessin de Hans Bellmer ; le fossile de cet étang monté au ciel près de la route départementale ; ces grandes cartographies des reliefs maritimes et montagneux ; les nuages de Chine ; la composition qui transpire des scènes de bataille de Paolo Ucello ; les éclairs de pisse aux encoignures des quartiers vivants la nuit ; les précipités de couleurs dans les éprouvettes des chercheurs ; les nébuleuses du ciel... Puis il y a le globe terrestre posé sur la commode, il ne s'allume plus, il a dû agoniser et mourir sans que l'on y prête attention. C'est dommage. Du côté où tu te tiens, tu peux voir l'Alaska. *It's such an icy feeling.* Il y a ensuite la vieille lithographie d'une étrange Joconde, dont les yeux globuleux ressemblent à ceux des personnages de manga ; accrochée près de la porte-fenêtre, son verre est fendu et un grand rideau berbère tombe tout près d'elle, il va se vautrer lourdement sur le sol, et quand le vent est fort, il se gonfle comme un ventre puis expire et va caresser un tesson d'ardoise qui erre sur le balcon depuis des lustres ; il y a aussi la porte à l'opposé, elle donne sur la chambre d'un enfant devenu grand depuis longtemps ; il entendait avant tout le monde le Klaxon du facteur retentir sur la placette – les meubles ici sont recouverts de draps blancs ; puis il y a l'autre porte, qui donne sur le bureau, une autre chambre puis le couloir et encore une autre chambre – on n'en distingue que des tranches de vert sapin, de rose dragée, d'ocres et de vert-de-gris passés, superposés ; il y a aussi des lambeaux de papiers peints fleuris ou à rayures bayadères ; il y a enfin les livres, toutes ces philosophies, ces traités, ces poésies, ces romans, ces nouvelles, ces journaux, ces aphorismes, ces correspondances, ces textes sacrés, ces revues, ces manifestes qui s'amoncellent sur la cheminée et au pied du lit sans jamais laisser le temps à la poussière de les recouvrir. Ici les pages des livres bougent au moins autant que les ailes et les brindilles, et peut-être davantage que les orps humains qui les manipulent.

Le dos contre le mur, les jambes repliées et croisées, les bras en corbeille sous ta poitrine de môme, tu ne bouges pas et observes tout ceci sans penser à rien. Quand Isaac arrive. Il ouvre les yeux tout subitement, comme il fait toujours. Voilà qu'il te fixe, sur le qui-vive, comme un cerf sur le point de prendre son envol dans les profondeurs des bois. L'émotion vous tétanise sans bruit. Isaac mime ta paralysie, tu mimes la sienne. Vous ne parlez pas afin que la grâce ne se taise. Vous l'entendez sourdre distinctement et vous avez peur. La terre continue de bondir et fléchir, sans que les énigmes de vos futurs ne soient levées par quelque hypothèse nouvelle. Vous êtes dans un étrange état d'intranquillité paisible. Vous savez ce qui vous inquiète, ce qui ne peut se dire, et que vous ressentez si nettement à cet instant. Vous sentez la respiration de l'imprononçable. Quel silence.

Qu'êtes-vous ? Naufragés ou aiguilleurs du ciel ? Imposteurs ou souverains ? Victimes ou bourreaux ? Sages ou fous ? Saints ou damnés ? Sans vous quitter des yeux, vous ne bougez qu'à peine, seules les volutes des cigarettes osent quelque gestuelle. C'est une de ces aventures immobiles et extatiques comme il vous est si souvent arrivé d'en connaître ; mais celle-ci est de loin la plus violente, la plus insoutenable que vous ayez vécue jusqu'alors. Elle est en tout point indescriptible. C'est un véritable état de grâce. Une douleur exquise. Isaac est aux abois si les éventails de tes cils respirent. Si tu peux percevoir un seul de ses frémissements pulmonaires, te voici suspendue, en apesanteur au fond d'un étang gelé, inondée de joie. Les heures passent ainsi, à l'abri de l'oubli, à l'abri de l'atroce, hors de toute pensée. Immobiles. Tu donnerais tout pour une de ces heures-ci, tu ne connais rien de meilleur.

Midi. La chambre ressemble à une toile de Vilhem Hammershøi. Las, le mouvement et la parole ont retrouvé la route vers vos gorges obligées, comme un bourgeon sur un arbre printanier, ils réclament leurs droits. Isaac dit : « Tu n'as jamais été plus belle. C'est presque insupportable. » Tu souris et rétorques : « À qui la faute ? »

Tu reprends ta litanie, de peur que l'alcool ait tout effacé de l'altercation de la veille, et peut-être aussi parce qu'après cette matinée d'extase, ta douleur prend véritablement tout son sens : est-ce que tu te rends seulement compte de l'état dans lequel tu m'as mise ? Je ne veux plus jamais devenir folle comme ça. Je t'ai cru mort. J'ai envisagé ce que ce serait si... Regarde-moi Isaac. Regarde-moi dans les yeux, dis-moi pardon, promets-moi que tu ne recommenceras jamais. Sentant qu'il n'a pas le choix, il s'exécute. Mais quelque chose cloche, sa sincérité grince. C'est d'une laideur pestilentielle, à dire vrai ; son regard bleu est tout à fait éteint quand il déclare : Pardon, Vivianne. Je ne le ferai plus, jamais, c'est promis. Quel étrange effet produit alors sur toi cette solennité cave. Tu sens que sous ton front impassible des fibres nerveuses se hérissent comme des anémones de mer au comble de leurs bacchanales aquatiques. Isaac *peut* lire *sous* ton visage, il n'a pas été convaincant. À genoux sur le lit, tous deux face à face, un malaise s'accroît subitement entre vos deux corps nus. Un silence nullement délectable, cette fois. Des interprétations, des conjectures, des craintes et des espoirs paradoxaux se chevauchent dans ce suspens. Quelle devrait-être la prochaine étape, vous demandez-vous tous deux. Alors que, en proie à l'angoisse, le regard dans le vide, tu te renfermes, renouant avec la paranoïa, la déception, la suspicion, Isaac rattrape au vol ton regard perdu, te sourit comme jamais, et te dit, solennellement, doucement : On se marie ? Tu ne t'attendais pas à ça. Après quelques secondes de pur enjolivement dramatique, tu réponds : oui, évidemment. Mais ne crois pas que tu vas t'en sortir si facilement. Et ce salaud répond : mince, je pensais que si.

Vous voici à présent perdus au comble de l'absurdité. Tout est vrillé, éclaté, entortillé entre l'anxiété, la douleur, l'amour, la certitude, le doute, la confiance, la méfiance ; tout est retenu par ces liens asphyxiants et balourds. Tu n'en peux plus. Vous pouvez bien vous raconter tout ce qui vous chante, vous n'êtes nullement maîtres de vous-mêmes. À présent il faut faire diversion. Isaac se lève, enfile un tee-shirt. Un tee-shirt noir et de mauvaise facture, que tu ne lui connais pas, lui qui met toujours les trois ou quatre mêmes vieilles chemises, voilà qui t'intrigue. Un sourire de piranha sort de l'encolure délavée. Que signifie-t-il ? Tu reconnais cet air qu'il a quand il te pose une devinette. Tu observes plus attentivement le motif du tee-shirt, c'est une rose écarlate et solarisée, avec de grandes feuilles et quelques épines sur la tige ; cette image t'est familière. Te voici brusquement projetée des années en arrière, dans ta chambre d'adolescente, devant ta collection de disques. Tu fais s'incliner les vinyles l'un après l'autre, très vite – ton index est toujours habile (combien de fois as-tu répété ce geste ?). Tu retrouves la rose : c'est la pochette d'un album de Depeche Mode : « Violator ». Isaac dit : « Tu comprends ? Rapport au début de texte que tu m'as envoyé l'autre jour. C'est moi, violator ! Allez quoi, humour ! » Tu t'efforces de rire, mais cette vanne, c'est juste une flèche en pleine tête. Comment ose-t-il. Tout ce que tu comprends, c'est qu'il te colle une énième baffe, ce crétin. Tout ce que tu comprends, c'est son inconséquence, c'est son mépris pour les ravages psychologiques (et physiques) qu'il te fait subir depuis des jours. Tout ce que tu comprends, c'est la seule vérité : Isaac n'est qu'un enfant, un enfant ingrat, un enfant cruel, un enfant égoïste, un enfant pervers, un enfant méchant, gentil et doux seulement lorsque ça l'arrange. Un enfant tout court en somme. (Ce n'est pas que tu n'aimes pas les enfants – tu les adores – mais tu préfères la vérité.) Isaac est enfant à un tel point que les enfants eux-mêmes devraient en prendre de la graine. Il déguerpit de la chambre. Ta tête tourne. Tu descends aussi. Dans la cuisine, pendant qu'il prépare du café, se roule cigarettes sur cigarettes, il t'expose, tout légèrement, comme si de rien n'était, ses dernières illuminations philosophiques (il agite ses mains comme lorsqu'il est joyeux). Tu n'écoutes rien. La belle exaltation des heures précédentes s'est complètement évaporée, ta pendule diastole névrotique-systole hystérique s'est brutalement remise en marche ; tu retombes comme une pierre au fond de ton vertige ; tu envisages tout et son contraire, doutes de tout, car tout perd et reprend sens, tout vit et tout meurt, trop facilement, trop vite. Tu ne sais plus distinguer le faux du vrai. De nouveau, tu n'as plus aucun repère. Qu'avez-vous dit hier soir ? N'importe quoi, sûrement. De grands discours d'ivrognes. Te revoilà perdue. Le gang des hiboux du Select t'avait prévenue : Isaac finirait par te rendre folle, comme toutes les autres. Leur donnerais-tu raison ? Il semblerait. Vraiment, tout cela n'est-il qu'un jeu ? Où est le vrai ? Faut-il vraiment que tu sortes sur la place pour crier « le vrai est mort ! » une lanterne à la main en plein midi ? Tu n'y tiens pas. Ton amour, ta colère, ton désir, ta folie, comme ils semblent réels. Et le leurre, la tromperie, le complot, comme ils semblent réels eux aussi. Tu es perdue.

Il faut que tu t'absentes maintenant. Il faut que tu agisses seule. Il faut que tu te sauves. Heureusement, ton train pour Paris-blockhaus part bientôt. Le soleil, les mots tendres, le calme, les promesses, les baisers, les caresses d'Isaac, et Palestrina, Monteverdi, Gesualdo sont torturants. Tu feins d'être tranquille, parce que tu *voudrais* l'être – et tu crains de passer pour folle si tu trahis ce regain de panique. Toi qui étais si calme ce matin. Il faut que tu tiennes cette apparence apaisée, détachée de toute rage et de toute suspicion, car elle protège ta vulnérabilité présente, cette passion obsessionnelle qui est comme ton ombre. En attendant l'heure du départ, tu camoufles tout ce qu'il te reste d'amertume sous une neutralité douceâtre, mais cela t'épuise et tu sais que, très vite, tu craqueras. (Tu ne sais jamais faire semblant en longtemps. D'où la solitude.)

Quelle constance, quelle cohérence est-on en droit d'attendre d'une mécanique insensée ?

L'heure du départ approche, donc, et les graviers de la place vide crissent enfin. C'est Balthus, l'ami d'Isaac, qui arrive au volant de sa Karmann pour vous emmener à la gare ; tu lui ouvres la porte, et face à son expression inquiète, ton faux air de bouddha se désintègre. Tu te remémores les conversations au téléphone avec Balthus, lorsqu'Isaac était encore porté disparu – tu te remémores très précisément ton état d'alors, chez Antoine, et tu te souviens de ce que tu as pu constater par la suite, et particulièrement pendant les minutes qui viennent juste de s'écouler : Isaac s'en lave les mains. La colère rafle tout de nouveau. Tu quittes la maison sans te retourner. Isaac te suit, peut-être à contrecœur. Assise à l'avant de la golf, tu l'assassines du regard via le rétroviseur. Ni lui, ni Balthus, ni toi ne savez quoi dire. Tu tentes d'ironiser, et déclares à Balthus que ta seule mansuétude et ton amour de la philosophie t'ont faite venir ici, le temps de 24 heures, afin de ramener au penseur ses indispensables carnets et manuscrits. Balthus n'a pas l'air d'avoir envie de rire. Toi non plus, cela tombe bien. Isaac fait semblant d'être gêné. En réalité tu sais bien qu'il se fiche complètement de vous et qu'il n'a qu'une hâte : être tranquille. Et le pire, le plus rageant, c'est que tu le comprends. Silence jusqu'à la gare. Au café, vous tentez de parler de la « bêtise » d'Isaac avec légèreté, mais l'atmosphère est pesante. Balthus tente une diversion, il te complimente sur ta beauté. « Je ne t'ai jamais vue si sublime, Vivianne. » Toi qui croyais que ça ne pouvait pas être pire. En guise de réponse, un sourire hypocrite pour Balthus, et un regard assassin pour Isaac qui roule des mécaniques. Tu commences à t'agacer de tant de vulgarité. C'est toujours le même cirque. Tu fais la gueule. Isaac dit : « C'est incroyable, Vivianne, je croyais que tout allait mieux, et voilà que tu boudes. Ma parole, femme, tu es un véritable caméléon ! » – glaciale, tu rétorques : « c'est vraiment l'hôpital qui se fout de la charité. » ; Isaac rit jaune : « toujours le bon mot, celle-là. » Anticipant et répétant ses rodomontades sémantiques, tu ajoutes : « je le fais exprès, tu sais. » Tu as appris ceci avec lui, face à un être d'un tel égocentrisme et d'une telle plurivo-cité *évidente*, le seul moyen de l'amener à se remettre en question est de lui faire éprouver l'injustice et la cruauté de ses propres procédés *par* ses propres procédés. Qu'il le sache ou non, il fait du Derrida (il déconstruit tout), et ce n'est pas beau à voir, à la fin.

Pendant qu'Isaac va payer la note, Balthus se penche vers toi (tu fixes son œil de verre, surtout pas l'autre, bien vif, plus transparent, c'est-à-dire plus lubrique, qui tra-duit toujours trop de vérités qui te condamnent et t'abî-ment) : il a dépassé les bornes, cette fois-ci. Ça fait trop longtemps qu'il bousille tout autour de lui et abuse de la patience de son entourage. Il faut qu'il voie un psy et qu'il arrête de se comporter comme un adolescent attardé. On est tous furieux contre lui, tu sais. Comment peut-on te faire ça, à toi ? Protège-toi, Vivianne. Tu dois savoir que tu ne peux pas lui faire confiance. Tu es forte, je sais bien, mais aussi tellement fragile. Je crois que tu l'aimes trop. Fais attention. À toutes les autres, j'ai toujours dit « barre-toi », mais à toi, je dis « protège-toi ». Vous vous aimez, c'est évident, mais tu dois être vigilante, tu joues un jeu très dangereux avec lui, Isaac est quelqu'un qui prend beaucoup et donne très peu, sache-le. Tu n'aurais pas dû lui pardonner aussi facilement.

Tu écoutes attentivement Balthus, tu sais qu'il dit vrai, mais tu n'entends rien, comme avec Jean, comme avec Antoine. Ils ne savent pas ce qu'Isaac te donne, et qui vaut tous les sacrifices – tu lui réponds, laconique : on pardonne plus facilement quand on a intérêt à le faire, on condamne plus facilement quand c'est ce qui nous arrange pour la suite.

Le train va partir. Sur le quai Isaac t'enlace et te dit : je uis l'homme le plus chanceux du monde. Poursuivant ton manège schizoïde, tu l'embrasses passionnément puis tires aussitôt de ton jeu la carte de l'insensibilité ; tu réponds en haussant les épaules : « Arrête ton baratin. » Ton cœur bat à tout rompre. Cette crapule te manque déjà.

Le train est vide. Tu entres dans n'importe quel compartiment, t'assois où bon te semble, te serres un verre de vin rouge, allumes une cigarette. Tu poses le séminaire X sur tes genoux tout en sachant que tu ne pourras pas lire. Les champs d'asphodèles prennent de la vitesse, étirent leurs azimuts élastiques dans tes prunelles. Tu penches la tête en arrière et détaches les boucles de tes cheveux. Tu as les variations sur un thème de Haydn de Brahms dans la tête, comme souvent depuis l'*événement* (c'est ce que la radio passait, le matin de la première nuit). Ton sang est une psycho-pompe, ton corps est très affaibli et ton orgueil saigne aussi ; pourtant, tu ne t'es jamais sentie aussi forte et lucide. Tu vas beaucoup mieux qu'hier. (tu es un peu plus *leurrée*, dirait l'autre.) Tu te dis que tu as bien fait de venir le voir. Que tu n'aurais pas tenu un jour de plus dans un tel brouillard. Tu crois avoir enfin repris le contrôle de cette histoire de fous, mis les points sur quelques i, avancé d'une case. Tout ne t'échappe plus tout à fait, du moins le crois-tu. En es-tu si sûre ? Contrôles-tu, sais-tu quoi que ce soit de manière certaine ? En quoi peux-tu croire ? Tu repenses à la nuit. Comment douter après une telle nuit ? Tu revois les yeux d'Isaac à ton arrivée au village. Comment douter après un tel regard ? Te voici de nouveau confiante. Heureuse, épanouie, par touches délicates, mais profondes. Ou faisait-il semblant d'être ému et heureux ? Est-il un parfait sociopathe ?

Torturée viscérale, tu glisses aussitôt sur l'autre versant, ton fond d'abîme igné ; tu dois t'efforcer de garder présente à l'esprit cette autre vérité : *rien* n'est pour toi, tu seras toujours-déjà abandonnée ; pour toi, tout ne pourra jamais finir que dans la plus amère des solitudes ; tu ne pourras jamais compter sur qui que ce soit – tu sais tout cela d'*expériences* : les autres, amis, parents, amours, ne sont que rarement présents, quand la détresse et le malheur infusent ton cerveau désespéré, que ton corps s'empoisonne. Tu tomberas, et tu tomberas seule. Et ta joie, tu ne pourras jamais la partager.

Tu te désespères. Même dans une époque apothéotique comme celle-ci, l'époque Isaac, tu seras toujours en proie à ces convulsions d'acrobate anarcho-critique, tu seras toujours cette obsessionnelle invétérée, découragée de toi-même et de tout, loqueteuse. Et coupable, de tout. Incapable de dire quoique ce soit de vrai sinon « qu'on en finisse ». Avoue-le. Et Isaac ne sera jamais qu'un nom idéal sur un désir impossible – ce qui est bien entendu un pléonasme. Sachant tout cela, pourquoi ne peux-tu complètement cesser de te bercer d'illusions, d'attendre quelque remède durable ? Tu te ressers un verre et te répètes en boucle : Isaac, cette petite gouape, te donnerait l'amour, l'extase mieux que personne ne le pourrait jamais – tant qu'il le voudrait – puis, quand il aurait tout pris de toi, quand quelqu'un de meilleur pour lui – plus riche, plus fort, plus intelligent – croiserait son chemin sans vergogne, il te jetterait de la plus odieuse des manières, c'est-à-dire qu'il t'obligerait, toi, à le quitter, à l'aide de procédés tyranniques, de tactiques abjectes. Isaac n'a de la cure que l'apparence, trompeuse. Il te l'avait prouvé une bonne fois pour toutes : il n'était pas fiable. Tu sais tout cela. C'est toujours ainsi que fonctionnent les hommes : sans courage ni loyauté – ils dynamitent leur foyer en s'enfuyant au beau milieu d'une nuit de solstice macabre. Les gens ne sont jamais bons que lorsque ça les arrange. Le vent pouvait tourner à n'importe quel moment. La terre pouvait céder sous tes pieds sans crier gare. Avec lui, avec un autre, une autre, tu n'aurais jamais ni le calme, ni la confiance, ni aucun antidote – seulement cette com-

agnie toujours suspecte ; mais cet état de défaite perma-
nente, ce méandre universel, n'était-il pas préférable à la
solitude et à la dépression infâmes qui, elles, te resteraient
toujours fidèles ? « Chacun est une déception totale. » Il
valait encore mieux lutter contre tes démons, au jour le
jour, dans le ressac précaire de tous les élixirs illusoires.
Seule contre eux, démunie d'artifices conjurateurs, tu
n'es pas assez forte. Une lassitude abyssale t'envahit. Tu
croyais en lui. Tu n'es plus sûre de rien.

À la bordure métallescente de la fenêtre du compartiment tapissé de moquette et de cuir bleu marine, ta
figure à la Pontormo se superpose pendant un instant à
la carcasse d'une 2 CV rouillée, quasi-lépreuse, abandonnée dans la pente d'une clairière et rongée par un sabbat
d'arbustes et de ronces tentaculaires ; ton visage qui ne
se supporte pas, se méprise, s'injurie de renfermer tant
de médiocrité et de faiblesse de caractère ; voici ce qu'il
pense : cette épave, c'est ta vocation. Tu dois tout faire
pour ne pas devenir comme ça. Quelque chose te dit que
tu l'es déjà devenue. Mais l'amour d'Isaac, ne t'avait-il
pas prouvé que ton mal n'était pas irrémissible ? Ne
t'avait-il pas tirée loin de ton désastre ? Tu te regardes et
tu dis, à voix haute : pour grandir, il faut savoir se blesser.
Tu reprends courage, te ressers un verre, mais voilà une
autre pensée, amenant avec elle un autre malheur, un
autre savoir : arrête tout de suite ces jérémiades – tu n'as
besoin de personne, personne ne peut sauver personne,
et personne, jamais, ne pourra t'atteindre. Seulement la
mort. Tu avais bien fini par te remettre du mépris de
Clémence et de son cortège de supplices. Tu avais bien fini
par échanger les corps, la parole, la présence des autres
par les alcools, les livres, la musique, les dérives ; puis
par un semblant de vie saine retrouvée, dans une solitude royale. Tu avais bien fini par ne plus te sentir directement concernée par rien. Même si c'était impensable,
tu te remettrais des affronts d'Isaac. Tu te remettrais de
tout. Jusqu'à ce que la mort te prenne, tu t'en sortirais

toujours. Seule ta finitude te concerne. Mais la question est : que faire, en attendant ? Ton cœur deviendra-t-il sec, dur comme ces lois auxquelles nul n'échappe ? Ou restera-t-il en toi, après toutes les démystifications passées et à venir, un reste de tendresse, une tendresse plus forte que la tendresse initiale, une tendresse d'après-combat, une tendresse d'après-dépassement, une tendresse post-désillusion ? Quelqu'un croit-il à cela ? Quelqu'un en a-t-il déjà fait l'expérience ? Ou bien t'engageras-tu pour une autre cause, te voueras-tu à la solidarité, ou feras-tu quelque révolution ? Te remettras-tu à dessiner et à peindre ? Ou bien iras-tu trouver Dieu ? Seulement une banale et vaine joie tragique ? Beaucoup d'anti-dépresseurs ? Une vie apaisée jalonnée de satisfactions médiocres ? Un beau suicide ? Que dis-tu ? C'est le moment où ta pensée déserte et où tout peut advenir de toi. C'est le moment où ta vulnérabilité devient toute-puissante. Alors que tu te laisses flotter dans ces délires lucides, emmurée dans la stérilité de ton narcissisme, ta passivité passionnelle ; regrettant de ne pouvoir plonger entre de belles lignes, dans les profondeurs d'une altérité supérieure, de ne pouvoir, ni explorer les rivages de contrées inouïes, ni de téléphoner à quelque ami imaginaire, ni de t'inventer quelques bifurcations, quelques arabesques nouvelles pour l'avenir, regrettant, regrettant tellement de ne pouvoir sortir ni de ta nullité biographique, ni de ta paresse intellectuelle, ni de ta fascination pour ce visage adoré, le sien, qui les tient tout entières à sa merci – ne sachant à quoi d'autre te *vouer*, car ne sachant désirer rien ni personne d'autre – la porte du compartiment coulisse.

Ils ne te laisseront jamais tranquille. Pas avant plusieurs dizaines d'années en tout cas. Tu sens que le type te considère longuement et te sourit, mais tu évites soigneusement toute rencontre ophtalmique ; tu réfugies ton regard vers les champs de molènes, de scabieuses et colza, ravis ou indolents tu ne saurais dire, mais au diapason des braises du couchant ; et, à l'extrême pôle de ta vision, tu jettes un œil furtif vers l'intrigant arrivé de la gare de Limoges, afin de satisfaire ta curiosité, aussi de cerner à peu près à qui tu auras bientôt affaire. Costume de flanelle grise, très bien coupé, à la bonne taille, très cher probablement, car ça ne brille pas, il bouge dans cet attirail luxueux comme s'il était né dedans, mais que cela ne comptait pas vraiment pour lui ; une montre de marque Rolex, modèle « airking » au poignet, le métal est éraillé comme une patinoire après minuit – sûrement un cadeau d'un grand-parent –, des bracelets bariolés d'Inde et d'Afrique s'y entremêlent dans un contraste tout banal qui se voudrait original ; une peau à peine brunie, parfumée par Van Cleef & Arpels, halée sur un terrain de golf, ou un voilier discret, peut-être, lors d'un énième week-end dans quelque crique de diamant ; des poignets nerveux, très sportifs, forcément ; des boucles châtains et une bouche mordorée qui ne boit ni ne mange trop. Le genre millésimé, dans l'ensemble. Il ouvre une tablette de chocolat aux noisettes, et il te la tend, bien sûr. Ce qu'il a l'air gentil. Ces souliers à lacets en daim beigeasse. Tout comme il faut. Tu es prise d'un malaise. Tu ne sais pourquoi, tu penses à la prison. Tu dis « non, merci », mais il insiste : « vous ne pouvez pas me faire ça, je ne l'aurais jamais ouverte si j'avais su que vous n'en voudriez pas. Vous voulez me vexer, c'est ça ?" Tu lèves les yeux au ciel. Ta nausée s'intensifie. Combien de fois on te l'a fait, ce coup-là ? Tu sens à son regard bienveillant et obstiné qu'il ne te lâchera pas facilement. Ce genre de « winner » ne peut supporter aucun refus, ça crève les yeux. Il reste trois heures de trajet, tu es ivre, déprimée, et puisque tu te méprises tant, autant faire preuve d'un minimum de cohérence : tu souris comme la dernière des dindes et prends un des carrés de chocolat que ses doigts aux ongles coupés bien proprement au ciseau, peut-être même limés, ont désassemblés pour toi. De toute façon, tu as appris que la meilleure manière de te débarrasser de ces forts-en-thèmes là, c'était de les laisser déployer l'entièreté de leurs parades enjôleuses, de feindre d'y être attentive ; puis de filer à l'anglaise, une fois le grand cérémonial parvenu à son terme, avec la certitude d'avoir gagné ce qu'ils croient être le jackpot et qui n'est que toi. Ainsi seulement ils comprennent, que malgré la fanfare, le dévoilement exhaustif de la totalité des cartes de leur jeu, cartes qu'ils jugent si prestigieuses, irrésistibles ; eh bien tu n'en veux pas, *même-pas-une-miette*. Ce n'est que comme ça qu'ils se résignent à aller voir ailleurs. Voir, c'est-à-dire faire leurs emplettes. Parfaire le kit, compléter la collec. Investir. Prendre des actions. Spéculer. Exhiber leur trophée. Gagner l'admiration de leurs semblables. Et ainsi de suite. Sans toi. Pour la plupart, ils doivent penser que tu es une idiote de refuser tout ce qu'ils t'offrent – mais certains, peut-être, ont pu se poser quelques questions sur la valeur réelle de ce qu'ils croient être le luxe suprême ; voire peut-être changer l'idée qu'ils se faisaient des femmes. On peut toujours rêver. Bref, la conversation s'engage d'autant plus facilement qu'elle ne veut rien dire. Il est bavard et trop curieux, mais tu es tellement ivre et confuse que tu t'autorises à le trouver sympathique, et réponds à toutes ses questions. Qui, quand, où, comment, pourquoi, etc. L'Auvergne, la Corse, les peintres, la nature, la ferme, la lecture, la musique, l'inadaptation générale, l'humiliation, la révolte, la honte, la misanthropie, la violence, l'abandon, la solitude, l'auto-destruction, la fuite, l'alcool, la drogue, les autres solutions, la précarité, la confusion, le désœuvrement, la destitution, la folie, la dépression, l'attente. Des points communs, dit-il. (Tu retiens un rictus stratosphérique.) Enfance heureuse et aisée à Marseille. Études exemplaires. Famille et entourage aimants. Communication, sociabilité limpides. Parcours rondement mené, intégration à la société optimale. Car on n'a pas d'autre choix qu'être docile. Un travail haut placé dans la finance. Mais comme il manquait un petit quelque chose, il est aussi devenu photographe et poète. S'il est dans la finance, c'est pour avoir les moyens d'être artiste. Comme il semble fier de cette dernière assertion. Ses photos sont tout ce qui compte, pour lui, au fond. Et il est boxeur, il en a besoin pour se défouler. Sa mère juive le harcèle constamment – tu lui demandes si elle est comme celle qui joue dans *Un éléphant ça trompe énormément* et il opine du bonnet – d'ailleurs, sa mère, c'est son plus grand problème dans la vie. Voyant qu'il vient de faire un mauvais pas, il poursuit son portrait-*robot*. Il fait la cuisine. Il adore bricoler. Et plusieurs fois par an, il fait de grands voyages dans les plus beaux coins du globe, pour faire ses photos. Et il est beau, c'est vrai, très beau ; il le sait, mais il en souffre dit-il. Et généreux, philanthrope, oui, car il faut l'être. Et rester humble surtout. Se souvenir d'où l'on vient. Et voter ! Il a l'intelligence du cœur, assure-t-il. C'est le plus important. Il habite à quelques mètres de chez toi, près de la rue du Cherche-midi. Quelle coïncidence ! Il veut t'emmener faire des virées dans Paris en scooter, t'emmener au musée, au restaurant. Et il faut que tu voies ces écuries royales à Versailles avec lui la semaine prochaine ; il te montre sur son téléphone dernier cri les photos en noir et blanc qu'il a faites là-bas, retouchées comme des camions volés, elles te font penser à ces cartes postales qu'on voit sur les tourniquets des mauvais bouquinistes ou dans les kiosques des capitales hypertouristiques ; ces chevaux bien dressés tournant comme des danseuses étoiles devant les miroirs centenaires du cirque de Bartabas, ces reflets qui se télescopent à l'infini dans les poussières tournoyantes autrefois foulées par les pieds des rois, comme c'est merveilleux, comme c'est élégant, comme c'est métaphysique ! Il égrène aussi quelques noms d'amis illustres, artistes, chanteurs, acteurs, journalistes, écrivains ou hommes politiques, au cas où tout cela ne suffirait pas à te convaincre que c'est le gros lot. Il se vend comme un produit de luxe – offre exceptionnelle – avec un ton de bon samaritain, il ne parle que de ce qu'il a les moyens de faire et de tous ces divertissements qu'il peut t'offrir. Il dit que c'est d'une femme comme toi dont il a besoin pour s'épanouir artistiquement. C'est terrifiant. Il ne cède de place à aucun silence. Il ne regarde pas dans le vide. Ton vide. Il ne peut pas sentir les palpitations de l'absurdité totale. Il dit : « je crois que je suis amoureux de vous. Je n'arrive pas à y croire. » Ses yeux pathétiques cherchent à transpercer les tiens. Comment t'en sortir sans violence ? Comment disparaître en douceur ? Tu dis que tu es épuisée – tu n'as rien trouvé de mieux – et par lâcheté toujours, acceptes de donner ton numéro de téléphone, le vrai, puisqu'ils vérifient tous, de nos jours. « Je t'appelle immédiatement, comme ça mon numéro s'affiche sur ton téléphone. Tu me répondras, hein ? » Et, n'en pensant pas un traître mot, tu dis « oui, assuré- ment. Maintenant, si vous voulez bien, je voudrais me reposer. » Tu prends une position confortable, grasse, disgracieuse, et l'autre te regarde comme si tu étais la vierge Marie.

Ils t'ont rendue si mesquine, si caustique. Ils ne savaient pas. Les paupières bien fermées sur ton romantisme crasse, tu penses : encore une preuve que tu te contre- fiches de ton confort matériel, c'est ton seul confort spi- rituel, ton idéalisme, qui comptent et infléchissent tes choix. En voilà encore la preuve. C'est cela qui te por- tera. C'est cela qui te perdra. Tu n'aimeras jamais que ton inadapté, ton handicapé, ta canaille, ton fêlé, ton tordu, ton ploucard, ton salaud d'Isaac. Mais comme il te l'écrit régulièrement : « Les vérités gagnent toujours, jamais ceux qui les défendent. » C'est sa définition de la tristesse. Pour toi, c'est aussi la définition de la joie et de la fierté, de la beauté en somme.

Arrivée gare d'Austerlitz, l'autre te suit et tu sens qu'il va te proposer de partager le taxi, voire de prendre un verre – tu fais semblant d'avoir un coup de téléphone très important à passer à *ton fiancé*, et le prince des élites putrescentes se résigne alors à te laisser en te gratifiant d'un baise-main. Tu te méprises, tu n'arrives jamais à les envoyer méchamment balader. Tu cèdes toujours à la complaisance. Ces mises à l'épreuve dérisoires renforcent tes refus. Mais le baise-main, le chocolat, pourquoi est-ce qu'on t'inflige ça en permanence. Merde. Tu t'engouffres désespérément dans un taxi. Tu pourrais prendre le métro, mais dans des épisodes de crise subjective tel que celui-ci, tu dilapides inconsciemment tout ton argent en manœuvres d'évitement compulsives : alcools et vaga-bondages vers les espaces hors d'atteinte, pulsions her-métiques, plaisirs inavouables et démesurés : folies et secrets, véritables luxes. Quand ça va vraiment mal, tout doit rester parfaitement extérieur à toi. Tu prends des poses en solitaire. Les réverbères défilent derrière la vitre teintée du break comme des étoiles filantes, des comètes. La cathédrale Notre-Dame ne s'est pas encore effacée dans la nuit sale. Les insectes grouillent en tous sens à Saint-Michel. C'est jeudi soir, le soir des impatients, le soir de ceux qui n'en peuvent déjà plus et qui portent toutes les potions à leurs orifices exténués. Combien d'entre eux parlent de l'urgence d'une insurrection ? Combien d'entre eux finiront par s'endormir dans un caniveau, avant de retrouver leur place au travail, à peine lavé, pensant déjà à la prochaine beuverie anxiolytique ? Les lumières rouges et vertes des feux te font songer un instant à cette invocation de guérisseur aztèque : « *Moi le prêtre, moi le seigneur des enchantements, je cherche la douleur verte, je cherche la douleur fauve.* » Tu rêvasses. Si seulement un géant guérisseur pouvait aspirer le venin de tous les feux de circulation des mégalopoles. Tu sens tes os, tes muscles et tes organes se rétrécir à mesure que tu t'enfonces dans l'air de Paris. Tu t'es déjà habituée à ne plus rien sentir. Tu ne perçois déjà plus la couche de par-ticules fines qui désintègre tes sensations une à une. Tu as faim et soif. Rien dans ton frigidaire, et il est presque minuit. Tu pourrais aller te trouver un sandwich et une bouteille à bas prix dans une épicerie de nuit. Tu iras au Café de Flore ; omelette aux fines herbes, un verre de haut-médoc. (Aucun doute, tu es déprimée.) Tout comme ça. Tu n'as plus de tabac. Plutôt que de rentrer illico rue du Bac donc, tu demandes au chauffeur de t'emmener au Québec, au niveau du Café de Flore sur le boulevard Saint-Germain. Tu aimes bien ce jugement immédiat que les gens portent sur toi quand tu dis « je vais au Café de Flore ». Ils ne comprennent rien à l'autodérision.

Au Québec, tu croises plusieurs visages que tu as connus en clinique psychiatrique – tu n'as jamais compris pourquoi ils se retrouvaient tous ici –, tu demandes à la nonne rousse un Millefleurs Alfa sport et un paquet de Gauloises sans additifs. Tu traverses le boulevard en dehors des clous, t'installes en terrasse du Flore. C'est bien quand il n'y a personne. C'est un plaisir coupable, comme quand enfant tu regardais les godemichés sur le catalogue de La Redoute. L'air est fétide, mais doux dans la capitale de l'insensibilité. Tu sors de ton sac le bel exemplaire de l'épopée de Gilgamesh qu'Isaac t'a prêté. Tu te laisses envoûter par le mythe. Quand un trentenaire en chemise largement ouverte te propose de venir à sa table. Non merci. Il s'excuse du fait que tu sois seule. On devrait toujours s'excuser de violer la solitude des autres. Toutes ces sollicitations, ça ne provoque jamais rien de bon en toi. Tu retombes dans l'épopée de Gilgamesh. Le cigare te monte à la tête, parfois tu inhales sa fumée, par vice. Quand deux types viennent s'asseoir à côté de toi. Ils doivent être âgés de soixante-dix ans ou presque. Ils portent de vieilles chemises anglaises effilochées aux manches et des mocassins Berluti usés. Ils ont des allures de vieux lévriers. Devaient être beaux dans leur jeunesse. Ils ne sont pas d'ici, peut-être des Turcs. Parlent en anglais. Semblent bien se connaître. T'intriguent : c'est-à-dire qu'ils t'inspirent confiance. L'un deux se tourne vers toi et te demande : qu'est-ce que vous lisez ? Aucune remarque sur le cigare entre tes doigts de jeune femme, tu apprécies. Tu lui montres le bouquin. Vous voilà partis pour deux longues heures de conversations sur la chute des civilisations, la disparition des œuvres et des manuscrits ; puis par tu ne sais quel truchement le creusement abyssal des inégalités, l'illettrisme, l'extrême pauvreté, l'indifférence, la déliquescence de la démocratie française, la docilité nationale, le syndicalisme ; puis Tayipp Erdogan (ils sont bien turcs), l'évolution de la Turquie depuis 1960, Paris en 1968, ce que c'était qu'être jeune alors, ce que c'est qu'être jeune aujourd'hui, etc.

Tu es fatiguée, enfin, et tu quittes tes nouveaux amis, malgré la qualité de leur conversation, leur érudition et leur charme ; ils te donnent leurs cartes de visite, et tu t'étonnes de découvrir qu'ils sont tous deux PDG de multinationales mondialement célèbres. L'un d'eux te dit, avant de partir : « il faudrait que je vous présente à mon fils ». Évidemment.

Pieds nus sur le bitume, tenant tes souliers par leurs brides vernies, tu remontes le boulevard jusqu'à la rue du Bac. Tu passes par l'étrange et minuscule rue de Luynes, jettes un coup d'œil à l'église Saint-Thomas d'Aquin derrière ton dos, fais pipi entre deux scooters sur le terre-plein central du boulevard Raspail. Tu te sens redevenir un peu toi-même. Tu passes le carrelage à damiers, la cour et ses chênes, églantiers, pins, hortensias, rhododendrons, jasmins, lauriers, lilas, iris de Sibérie. Tu trouves une lettre de ton vieil ami Joseph dans la boîte, tu la lis trois fois en montant les six étages, en n'omettant pas de saluer la tache orange de terre battue qui persiste malgré les coups d'aspirateur sur le velours du troisième étage. Joseph sera à Paris cette semaine, il aimerait dîner avec toi. Peut-être, on verra. Ce soir tu en as envie, tu t'en sens capable, mais demain ? Arrivée dans ta chambre, quelques rares étoiles sont visibles sur la toile tendue entre l'horrible Sacré-Cœur et la revêche tour Montparnasse ; tu allumes la vieille lampe de chevet qui diffuse sa fièvre orangée, fais descendre le zip de la fermeture éclair en bas de ton dos, laisses la longue robe de soie bleue de Prusse glisser sur le tapis persan centenaire, sans la ramasser ; pousses un long soupir, exhalant tout et son contraire ; t'assois sur le fauteuil crapaud de velours vert, beige et grenat, un bras sur l'accoudoir d'acajou, une jambe repliée sous les fesses, un pied s'entortillant dans les cordelettes des franges torsadées. Tu reprends l'épopée de Gilgamesh, et son énergie primitive te pénètre jusqu'aux os, fait battre ses tambours archaïques. Tu glisses une main dans ta culotte blanche, perçois des effluves, quelques fins décombres d'odeurs de la nuit avec Issac. Tu viens d'abord sur le fauteuil, puis tu te diriges sur le lit. Frénétiquement, furieusement, à plat ventre, un oreiller roulé entre tes cuisses, tu t'y frottes, tu te fais jouir, par rafales véhémentes, jusqu'à l'épuisement. Le fil des conséquences qui se déroule...

Vendredi, six heures et demie du matin. Il faut retourner au travail aujourd'hui. Fini de délirer. Tu mets l'album Autobahn de Kraftwerk. Tu recommences à te masturber, pendant que le soleil apparaît au-delà des tours de Saint-Sulpice. Tu finis par te calmer. Tu prépares du café. Il semblerait que tu puisses de nouveau lire. Tu reprends le séminaire de Lacan. Le manque (la présence d'Isaac, qui est pure absence de *ta* subjectivité) vient à manquer. Ah non, c'est le manque du manque qui vient à manquer, voilà l'angoisse. Voilà, tu n'y entraves que pouic, comme il dit le vieux. Donc c'est le fait qu'il soit là de nouveau, le manque du manque qui manque, qui te met dans cet état-là ? Toi, névrosée ? Tu piges rien. Tu te dis que la seule solution est de faire un art de la duperie, du malentendu, du souci. C'est un peu ce que tu essayes de faire depuis le début, en fait. Tu fiches Lacan par terre. Tu jettes un œil à ce texte qui t'occupe depuis quoi, dix jours ? Tu ne trouves plus cela complètement nul, c'est maladroit, c'est mal écrit, c'est niais, mais c'est juste, tout s'est bien passé comme tu le décris. Là où c'est confus, c'est parce que ça l'était. Là où c'est niais, c'est par ce que ça l'était. En fait, tu es très impressionnée d'avoir *dû* écrire tout ça. Tu passes ton temps à griffonner des phrases depuis des années, et c'est pour une affaire aussi dérisoire que tu as finalement réussi à utiliser un ordinateur pour rédiger quelque chose. Ça pourrait presque faire un livre. Ridicule ! Si tu avais voulu écrire un livre, jamais ça n'aurait été pour raconter des anecdotes aussi basses de plafond ! Des dizaines de carnets, des milliers de pages saturées de pattes de mouches artistiques, et c'est comme ça que tu t'y colles ! Ça te flanque une de ces colères. Mais tu n'as plus honte. Tout ça c'est sa faute. L'intrication des récents phénomènes, même et peut-être surtout les plus infimes, a instillé en toi un senti-ment de puissance bizarre. La conscience que le déroul-ement de chaque détail n'est pas négligeable. Le fait de les avoir saisis par écrit aura participé à leur neutralisa-tion. À moins que ce ne soit l'inverse ? Le caractère illi-mité de l'énergie libidinale des femmes est à la fois leur plus grande force et leur plus grande faiblesse. Si à cette énergie elles ne donnent pas une forme, c'est-à-dire des limites, pour la maximiser sans l'affaiblir, on assiste à un vaste gaspillage. Une tornade désirante multidirec-tionnelle et insensée. Et comme disait Crevel, aller à tout, c'est n'aller à rien. Kantien le Crevel. Exactement ce qui risque de se produire, puisque de forme, tu t'en as plus aucune. Totalement désincarnée. Isaac est absent et il a perdu ta confiance. Quelle histoire sordide. Tu n'en serais bien passé, de son tombeau pour l'autre en soi, sa foutue tentative d'existence. Il t'écrit, de nouveau des déclarations d'amour, de confiance, d'espoir, d'éternité. De nouveau les promesses, comme si rien ne s'était passé, comme s'il ne t'était pas permis de douter. Pour lui tout est déjà loin, oublié, pardonné. Il ne sait pas à quel point tu sais persévérer dans la rancune. Il se sait pas à quel point ton orgueil t'aiguille. Il ne sait pas à quel point tu te méfies des autres. Tu ne supportes plus ta solitude. Tu n'étais plus éteinte. Tu vivais. Te revoilà, comme depuis des années, à te sentir comme le Lenz de Büchner. Et ainsi vécut-elle dès lors...

Romy t'appelle. Te dit qu'elle s'inquiète pour sa liberté. C'est le prix de l'argent. Tu dis que tu t'inquiètes pour l'argent. C'est le prix de la liberté. Bien sûr que ça n'est pas aussi simple, enfin tout de même. Devenir multimillionnaire à vingt-cinq ans, et ne pouvoir s'en plaindre à personne, voilà ce qui lui pèse ce matin. Travailler pour une industrie telle que celle de la mode demande d'avoir le cœur bien accroché. Romy est trop généreuse et humaine pour aimer ce qu'elle fait. Elle se sent comme une esclave. Une reine de beauté pour qui rien n'est permis, en dehors de son apparence. Elle rêve de s'enfuir. Ils la rattrapent toujours. Elle est au courant pour Isaac, un ami d'un ami d'ami lui a raconté. Ce genre de nouvelle circule vite. Toi qui vois si peu de monde, tu t'étonnes toujours de la vitesse à laquelle se diffuse chacune de tes aventures. Tu lui dis que tu en as vu d'autres. Elle ne le sait que trop bien. Vous vous encouragez l'une l'autre, comme d'habitude. Vous ne céderez ni sur la solidarité, ni sur l'amitié, ni sur l'amour, ni sur la solitude, ni sur l'art. Vous vous dites à la prochaine fois (ce peut être dans deux jours comme dans deux mois, on ne sait jamais avec elle – ni avec toi, d'ailleurs). Elle a un avion à prendre, et toi un métro.

C'est l'heure. Jour sans fin, comme d'habitude. Comme tu reviens tout juste de la province profonde, tu remarques les différences physiologiques entre les habitants de la capitale de l'Indifférence et le reste des Français. Certains ont les yeux blancs (on a vu ce phénomène se répandre depuis une bonne vingtaine d'années), et leurs oreilles, bouches et narines ont rétréci de moitié (pour certains beaucoup plus, sur leurs visages on ne distingue plus aucun trait, comme des masques complètement lisses et monochromes, au stade intermédiaire seulement deux imperceptibles trous pour les yeux). C'est une conséquence évolutive d'adaptation au bruit, à l'obsolescence du sourire et à la pollution atmosphérique. On n'y prête plus attention, rapidement, après un moment passé parmi eux. Ils portent des uniformes, ils s'expriment par onomatopées ou grâce à des expressions industrielles, et ils ne s'écrivent plus, ils s'envoient de petits logos mis à leur disposition sur leurs tablettes qui expriment mieux leurs sentiments que les mots, estiment-ils. Ils ont en fait un certain mépris pour les mots ; il semble même qu'il soit devenu honteux de s'en servir. Certains ont même des prises USB qui sont apparues sur le haut du crâne. Ça aussi, l'évolution. Leur bonne volonté, et même, leur bonne conscience à vouloir bien maîtriser tous leurs nouveaux outils, intégrer (de peur de se retrouver exclus du *mouvement*) les nouvelles coutumes et manières de vivre qu'ils impliquent, renforcent ton sentiment d'isolement et de précarité. Leurs affects, leurs sensations ankylosées ne te donnent qu'une envie, tout faire craquer, commettre des crimes, créer d'autres possibilités que celles qui s'offrent passivement comme unique alternative, comme unique progrès, comme unique manière de créer. Quitte à passer pour folle, ou stupide, tu en inventeras d'autres. Tu as quelques alliés.

Pendant les entrées, tu subis le spectacle habituel, la grossièreté, le mépris, l'ignorance, la brutalité, la politesse. Les rares personnes qui aiment réellement le cinéma sont aussi celles qui te parlent vraiment. Mais ces gens là se font de plus en plus rares. Tu quittes le bagne, de mauvaise humeur, comme souvent. Tu t'es encore fait draguer par des visqueux. Et puis ces frigidaires pour les boissons et les glaces, et puis ces voitures sur le boulevard, ça te colle, migraine formidable. Le son des enfers est forcément une interminable cacophonie de bruits de moteurs en tous genres. De bruits de moteurs qui cachent les cris et les pleurs. Et dire que ce travail est une chance, tu en as conscience. Tu as du temps pour lire et penser à quoi bon te semble, entre les séances. Tes collègues, malgré tous tes défauts, te respectent. Et tu n'as mal nulle part, après, seulement la migraine et la misanthropie, c'est à dire trois fois rien.

Tu décides de rentrer à pied par le quai de Béthune. Tu descends le boulevard Henri IV ébloui par le soleil rasant, croises les chevaux immenses de la garde républicaine, dépasses le vieux reste d'une tour de la Bastille, traverses le pont de Sully, dépasses la station essence du garage de l'île Saint-Louis, observes un moment les nouveaux articles de la maison de la mouche (pêches sportives), puis tournes à droite, pour traverser l'île. Tu as déjà oublié les glues, les crétins, les cyborgs, tes pas t'apaisent. Marcher, c'est peut-être la seule chose que tu ne saches pas rater. Arrivée au milieu de la longueur du quai, tu croises une silhouette familière. Tu fais glisser tes lunettes noires sur le bout de ton nez pour voir de qui il s'agit. « Tiens, vous êtes le pompier. » Le type rit. Il t'avait semblé attirant, à la fête, mais c'est sûrement parce que tu avais vraiment cru à son histoire de pompier et à son inadéquation avec le milieu ambiant ; là, avec sa chemise trop ouverte, ses cheveux longs, son air de Don Juan des aires de repos, il te dégoute plutôt. Sûrement un photographe ou un pseudo-artiste. Ou pire, un écrivain. « Et vous, vous êtes la caissière ! Vous ressembliez à un garçon manqué à la fête, et là, vous ressemblez plutôt à Ava Gardner, enfin je vous rassure, même travestie en homme, on vous voit arriver de loin. » Très rassurant. « Bon, enfin, vous vous êtes bien payé ma tête, avec votre histoire de pompier. Je ne m'en suis rendu compte qu'en y repensant le lendemain matin. Moi c'est pas des blagues, je vends les tickets dans un cinéma près de Bastille, d'ailleurs j'en sors, et je vais devoir vous laisser, un ami m'attend. » Et c'est vrai, Edno t'attend au jardin parallèle.

Le vent s'insuffle entre les deux dais de soie bleue qui habillent tes omoplates, il les écarte comme les rideaux légers d'une fenêtre ouverte au grand air ; la fraîcheur tient en respect la moiteur du soleil, et, pendant un bref instant, tu te sens nue en pleine rue. C'est là que le dénommé Apollo (tu as cru à une autre blague, mais c'est bien son prénom) s'approche de toi, colle effrontément son sexe contre le tien, et te donne un baiser Hollywood. Tu laisses faire. Par pour lui, mais pour ces petites lucioles apparues dans le creux de tes reins. Cette scène. Le baiser de l'inconnu du quai au soleil couchant. Plus c'est kitsch, plus ça t'amuse. Apollo dit : tu me suis ? Tu ris. Non, mon ami m'attend.

Te voici à présent au jardin. Les sœurs ont planté de belles roses trémières. Et nulle présence de petits singes hurleurs. Le vacarme des grandes artères, les bousculades des passants bruts, l'odeur de la méchanceté sont enfin écartés. Puisqu'il n'y a personne, tu as enlevé tes chaussures. Edno n'a pas encore franchi le seuil du jardin. Tu confectionnes pour lui un bouquet de bleuets et de cosmos ivoires. Tu vas l'attendre sous ton cerisier. Il arrive enfin, vous faites un tour rapide, le temps que tu lui racontes la scène qui vient de t'arriver sur le quai. Tu en exagères la féerie, pour le faire rire. Tu dis que tu en as marre des regards et des sollicitations des hommes, que ça influence forcément tes actes d'une manière ou d'une autre et que c'est injuste. On va fumer un joint ? Vous voici dans la villa des fossiles, des câbles cloués aux murs, des stabilos et des cachemires. Tu lui racontes ton passage éclair chez Isaac. Tu ajoutes que tu es complètement à côté de tes pompes, que tu n'arrives pas à lire, que tu es obsédée par l'envie d'être aimée et que tu n'y comprends rien. Que tu as perdu toutes tes habitudes tranquilles. Que tu es une autre, que tu crains d'être devenue folle. Edno est inquiet. Il n'ose pas t'avouer que folle, tu l'es un peu beaucoup. Il dit que lui aussi il se demande s'il n'est pas fou. Vous parlez d'autre chose, vous faites semblant de délirer. Vous allez au restaurant, celui de la rue du Cherche-midi où il a ses habitudes, où des artistes contemporains glosent sur la philosophie et la géopolitique en dégustant des steaks de plantes. Tu essayes de ne pas trop envahir la conversation avec le seul sujet qui te préoccupe, Isaac. Tu bois trop de vin. Vous retournez chez lui pour fumer des joints. De retour au blockhaus, tu tentes de te distraire en lisant des ouvrages de vulgarisation scientifique, mais tu es dans un état trop vaseux ; tu te branles en pensant à ton fou, un nombre raisonnable de fois, huit ou dix.

Samedi, dimanche, lundi. Jours sans fin, et chaque matin, chaque nuit, tu continues ton récit, étape par étape. Cela te semble si important, sur le moment. Quelque chose d'inhabituel s'est produit, une transfiguration profonde, mais tu ne parviens pas à la nommer ni à la décrire. Cette obsession. Ce flou violent. Ces dérèglements. Ces actes. Tu te désespères. Bonne à rien. Tu détestes ce déclic, cette tentative, ce sérieux, cette lourdeur. Tu te sens aussi stupide qu'à l'âge de quatorze ans. Dépossédée de ton esprit et de ton corps jusqu'à l'insupportable, tu *dois* réagir. Tu ne saignes plus.

La nuit, après avoir fermé les grilles du cinéma, tu vas pousser des portes sulfureuses menant vers un monde où il t'est permis de jouer un autre rôle que celui qu'*ils* t'imposent. Tu longes les couloirs sombres avec effervescence. Tu caresses de grands seins, œdipienne saphique, tu embrasses avec adoration ces mères nues et suantes qui te consolent. Il t'arrive de pleurer entre leurs cuisses, contre leurs poitrines. C'est bon. Tu te moques des hommes présents dans le club. Tu les humilies. C'est ta revanche contre leurs agressions diurnes. C'est une pratique qui est devenue habituelle, par la force des choses. Mais ce soir, un nom rature tous ces corps anonymes. Un nom dont l'absence et la trahison te hantent, et qui te donne les plus belles jouissances.

De retour à ton phare, tu renifles tes épaules, tes poignets, tes cuisses. Tu reconnais l'odeur de chacune des nymphes sans-noms rencontrées au parc à volupté. Tu te sens enfin un peu plus entière. Pourtant ça ne suffit pas. Tu te masturbes, encore, dix fois, vingt fois, en écoutant Herbie Hancock, si tu te souviens bien. Ce que tout ceci veut dire est limpide à présent. Tu te ré-appropries ta propre personne. Mais même les orgasmes sont navrants.

Mardi. L'érotomane de pacotille s'étire dans son lit, les premiers rayons ont forcé ses paupières esseulées ; à peine les a-t-elle ouvertes, elle éclate de rire. « Tu es dingue, Vivianne. » Tu te remémores tes performances nocturnes. L'absence d'Isaac te désagrège. Tu te remémores chacun de ces états successifs, ces extases, ces déceptions, ce foisonnement de sentiments aériens qui est le tien, depuis le choc de la rencontre inouïe. Vous avez déjà vécu tellement plus que tout ce que tu aurais pu attendre. Il t'a tant donné, tant pris. Tu n'aurais jamais cru vivre un amour aussi vertigineux. Et il t'a forcée à écrire, une *chose* misérable – c'est à dire descriptive –, certes, mais tu l'as fait. Et puisque c'est si misérable, tu sais que tu devras te rattraper. Te voilà lancée. Tu ne dissimuleras plus aux regards des autres les pages de tes cahiers avec la paume de ta main. Tu t'agiteras comme un drapeau, sans peur. À cause de lui. Grâce ?

Tu ne sais pas ce que tu vas faire aujourd'hui. Ni demain d'ailleurs. Continuer de panser l'humiliation ? Tu commences par la routine : ressasser ta culpabilité, ta honte, ta certitude d'être une petite poseuse arriviste et hypocrite doublée d'un imposteur. Devant la glace, tu te regardes et te demandes : à quoi es-tu bonne, Vivianne ? Es-tu faite pour écrire, comme ils le prétendent tous ? Tu as vu à quel point c'était dur. Tu as vu que tu n'y arrivais pas aussi facilement que tu l'aurais cru. Tu as vingt-cinq ans, et tu n'es bonne qu'à une chose : jouer à la plus maligne, causer des accidents, te mettre la tête à l'envers, te décourager, te complaire dans ta tour d'ivoire mentale. Tu manques de rigueur. Tu manques de discipline. Tu manques de courage, en tout. Tu te planquais depuis quelques mois dans une espèce d'ascèse proto-bourgeoise, les bonnes œuvres, l'étude, un emploi humble. Être une bonne fille, une fille limitée, une fille bien. Ne vouloir toucher à rien. Rester intègre. Tralala ! Tu n'as jamais été une bonne fille, tu ne le seras jamais. Pas la peine de mentir. Et cetera. Voilà, il n'est pas dix heures du matin, et tu as bien fait la toilette de ton auto-détestation, elle est bien polie, elle reluit, ta hargne auto-critique. Tu n'as qu'une envie, à présent : qu'on te casse la gueule. Oui, qu'on te la défasse, ta gueule d'ange, ton sourire rouge. Que quelqu'un fasse apparaître qui tu es vraiment, à l'intérieur.

Et qu'on n'aille pas te traiter pour la énième fois de sauvage. Personne ne résonne davantage que toi en termes de civilité et d'incivilité. Tu ne connais personne qui joue aussi exhaustivement, aussi diversement que toi avec les codes sociaux. C'est que tu as un sérieux problème d'entente avec la notion d'identité. Tu sais toujours ce que tu fais, et pourquoi. Tu passes le plus clair de ton temps à te déguiser, depuis toujours. Alors à d'autres, la sauvageonne. Jean a le dos bloqué, il ne te fera pas travailler de sitôt. Que vas-tu faire aujourd'hui ? Tu es trop enragée pour lire ou écrire. Tu ne fais jamais rien d'autre. Tu es complètement perdue, en vérité. Cette violence t'a défigurée. Défigurée… Tu as une idée. Tu te souviens de Blondtell, un personnage d'apparence lugubre, un artiste charbon, onyx, un spécialiste du monstrueux. Ça fait maintenant plusieurs années qu'il te propose de poser pour lui. Voilà, c'est exactement cela qu'il te faut. Devenir un monstre aujourd'hui. Blondtell est l'artisan idéal pour exécuter tes stratégies cathartiques. Bien sûr que tu sais ce que tu fais. Quoi de mieux qu'un peintre de l'horreur pour conjurer ta souffrance ? Tu lui écris : Blondtell, je suis libre aujourd'hui, on les fait, ces photos ? Comme tu t'y attendais, il répond immédiatement : Oui, passe à l'atelier dans deux heures, sans maquillage. Tu sais que Blondtell a oublié d'être bête, il se doute de ce qui t'amène. Tu sais aussi qu'il ne te fera pas de cadeau. Tu connais son travail. Tu as presque peur. Cela t'amuse. Tu sais aussi ce qu'il tentera. Tu le lui donneras. Tu étais déguisée en poupée hier, tu as envie de te travestir en homme aujourd'hui. Tout comme ça. Tu enfiles un large costume des années soixante, pieds nus dans de vieilles baskets blanches achetées à Harlem avec Cilence, un jour de printemps torride. Tu chasses ce souvenir immédiatement. Tu descends la rue du Bac en direction de la station de taxis. Le poissonnier te fait sa blague habituelle, te siffle et fait semblant de t'arroser avec son tuyau d'arrosage. Les Japonais déposent dans leurs paniers les fleurs subtiles de leurs bouquets Ikebana. Tu croises Jacques, un maniaco-dépressif fantasque que tu as rencontré lors d'un séjour chez les têtes à entonnoirs. Tu n'as pas très bien compris ce qu'il faisait dans la vie, c'est un aristocrate, collectionneur d'art, et écrivain peut-être, ou journaliste, tu ne sais plus. Il est un peu mytho, de toute façon. Il promène ses longues jambes halées, son allure de gravure de mode et son petit chien blanc. Il a l'air si bien sous tous rapports, si beau, si mince, si sain. Et pourtant. Depuis l'hôpital sa vie n'est qu'une lente dégringolade, te raconte-t-il. Toi aussi, c'était pareil, jusqu'à ce qu'Isaac apparaisse dans ton lit chaque matin. Vous vous êtes tout à fait perdus de vue, après plus d'un mois à partager tous les déjeuners et diners à la cafétéria de l'asile, les nuits blanches à fumer cigarette sur cigarette, les confessions les plus personnelles à l'abri des oreilles des docteurs. Puis plus rien, on t'avait laissée sortir avant lui, et tu ne l'as jamais revu, ni lui, ni les autres. Un café, un de ces quatre, oui oui, bien sûr. Comme si vous aviez envie de reparler de l'enfermement. Tu traverses le boulevard au rouge à grandes enjambées, montes dans un taxi. Rue Saint-Mathieu, s'il vous plait. Tu demandes au chauffeur de mettre TSF jazz en t'interrogeant vaguement sur le sens de ce que tu es en train de faire. Il fallait bien faire quelque chose, tu ne sais pas te distraire, il n'y a que la lecture, et la lecture est impossible. Vous dépassez Barbès. Tu as l'impression d'avoir changé d'univers, il y a du désordre, des couleurs, des odeurs, des tissus et des coiffures, des manières de marcher venus des quatre coins du monde. Tu demandes à ouvrir la fenêtre. Tu sors ta tête de là comme un jeune chien qui s'émerveille. Ou comme un poisson que l'on aurait sorti de son bocal pour le jeter dans l'océan. La voiture cahote dans la rue Saint-Mathieu. Te voici dans l'immeuble à la façade neutre, brutaliste presque, tu cherches l'atelier. Léger accès de claustrophobie dans l'ascenseur aux parois en aluminium. Septième étage. Cette impression étrange quand on arrive pour la première fois dans une autre sphère intime. Ce sentiment déstabilisant d'indiscrétion. La porte au bout du couloir est entrouverte, tu entres. Le plafond est très haut, une lumière grise traverse les verrières poussiéreuses. L'appartement est vide. Seuls quelques costumes suspendus à des cintres, rangés dans leurs housses plastiques, accrochés aux portes des placards en contreplaqué blanc ; quelques cartons sur le sol recouvert de linoléum grisâtre ; une cafetière pour seul accessoire de cuisine, et une planche à repasser. On dirait l'appartement d'un *serial killer*. Tu traverses une enfilade de pièces vides. Tu trouves l'atelier tout au bout. Des pots de peinture noire, des tubes de colle, des lames et des milliers de photocopies en noir et blanc d'images découpées dans les journaux jonchent une grande table dont les pieds sont des tréteaux. Tu ne peux rien repérer d'organique. Blondtell est face à la verrière qui donne sur un immeuble dont la façade réfléchit le mur d'en face, celui qui vous abrite. Il se retourne vers toi : Salut bébé ! Tu hausses les épaules, un sourire amer aux lèvres. Salut. Alors, qu'est-ce qui t'a pris aujourd'hui ? Je suis très en colère contre mon mec, ce salaud m'a fait un sale coup, j'ai besoin de me défouler, je vois tantôt rouge tantôt blanc, faut me noircir tout ça, t'as compris ? Ah, je vois, tu veux jouer au docteur. Ouais, on va dire ça. Bon, on commence ?

Il te donne un vieux tee-shirt à enfiler et te fait asseoir sur un tabouret devant une toile noire. Aujourd'hui on fait des portraits, la prochaine fois, j'achèterai de la poussière, on t'en couvrira entièrement, tu te rouleras dedans. L'idée te séduit. Tu pourras montrer ça à tes enfants plus tard. Blondtell te demande d'enlever les anneaux d'argent que tu portes aux oreilles. Il t'attache les cheveux en arrière. Tu ne dis rien. Ton cœur bat de plus en plus fort. Il saisit un pinceau, et ta libation dans l'acrylique noire commence. Blondtell trace des formes abstraites, inquiétantes, sur ton visage. Comme des fantômes archaïques, des peintures rupestres d'obscurs esprits volants. Tu sens la peinture intoxiquer ta peau, le noir l'asphyxie. Il transforme ton visage en un masque d'effroi, puis il efface, puis il en crée un autre, puis un autre, tous plus effrayants les uns que les autres, en prenant des photos d'une seule main avec un petit appareil argentique. Il te demande de grimacer, de révulser tes yeux, de cracher tes propres dents. À mesure qu'il te défigure, il susurre : joli, très joli visage. C'est parfait. Ce que tu voulais. Tu ne t'es peut-être jamais sentie si propre. Il repeint tes dents au vernis à ongles noir. Ça a très mauvais goût. Tu adores ça. Tu sens que tu es affreuse. Ton apparence extérieure coïncide enfin avec ton intériorité. Blondtell est assis tout près de toi, les jambes écartées et enfermant les tiennes, t'assenant de flashs, tu rugis, tu tords ton visage en tous sens, fais tournoyer ta tête. Vous éclatez de rire, hurlez de peur parfois, tant tu es terrifiante. Tu ne ressembles plus à un être humain, plutôt à une espèce de démon oriental, ou bien à un masque africain brisé en mille fragments. Quand la séance se termine, Blondtell te tend une serviette et te remercie : bravo, bébé, t'es fortiche, en voilà une performance. Une performance privée. On continue la prochaine fois. Tu as tout ce qu'il faut pour te nettoyer dans la salle de bain, c'est au bout du couloir, vas-y. Cela te prend presque une heure, tu es entièrement recouverte de noirceur, le blanc de tes orbites diffuse une lumière de lune, et tes dents, tu dois gratter le vernis avec tes ongles pour qu'il s'enlève. Face à la glace, tu ris et déclares à voix haute : je suis un démon ! Quand tu sors de la salle de bains et regagnes l'atelier, tu sais ce qui va suivre. Blondtell s'approche de toi, t'embrasse et mordille la peau de ton cou. Tu trembles, puis recules. J'ai envie de fumer avant, trouve-moi du feu. Oh, et déshabille-toi devant moi, avant ça. Blondtell s'exécute. Il te ramène un briquet. Maintenant, déshabille-moi. Non, avec tes dents. Tu veux qu'il n'oublie pas qui commande. Te voici nue au milieu de l'atelier. Blondtell à tes pieds. Tu lui colles une gifle brûlante. Maintenant, baise-moi comme la petite salope que tu t'imaginais surement que j'étais, allez tombeur, exécute ton fantasme, saute-moi comme une brute dans ta garçonnière, salis-moi encore, juste pour que je le raconte à mon salaud d'Isaac. Applique-toi bien l'artiste, si tu veux revoir ton modèle. Tu vois qu'il comprend bien ce que tu veux. Blondtell bande, te retourne et te prend sur le sol de l'atelier ; tu le cribles d'insultes. Il jouit trop vite. Blondtell dit : tu sais que je viens de me faire plaquer ? Vous éclatez de rire. Vous êtes tous deux fous de douleur. Il t'apporte ensuite un café, vous discutez un moment, nus dans ce grand espace empli de matières chimiques. Ce type est un artiste comme il n'y en a plus. Il est complètement habité par ses formes, ses représentations. Il travaille comme un artisan obsessionnel. Sa colle, ses ciseaux, son encre noire. Il produit des dizaines de collages et dessins chaque jour, sans parler du reste. Il fait partie de ceux qui ne se choisissent pas un style pré-établi (d'ailleurs peut-on encore parler de style s'il n'est pas totalement nouveau ?), mais qui s'en inventent un. Il déteste son métier : directeur artistique d'un grand magazine de mode. Il voit défiler de belles créatures, souffrantes et silencieuses, tous les jours dans de grands *open spaces*. Il est obligé de participer à la vente de tout ce qui est soi-disant beau et lisse et sain, toute la journée, en sachant parfaitement tout ce que cela cache en vérité. Il a dû trouver des subterfuges conjurateurs. Il découpe des têtes et les repeint en noir. Il a besoin de fabriquer des figures d'une laideur sans mensonges. Tu le comprends. Tu dis : on peut souffrir pour être belle, ou bien l'on peut souffrir pour *supporter* de l'être. Blondtell te dit : t'iras loin chérie, si tu as compris que la vraie pureté, c'est la capacité à contempler la souillure. C'est une phrase de Simone Weil. S'entendrait bien avec Isaac. Tu acquiesces timidement. C'est trop intime pour toi d'avoir une telle conversation avec un quasi-inconnu. Tu réponds : je suis pas sûre, ceux qui sentent l'horreur au plus profond de leur conscience, ils ne peuvent pas aller loin, ils s'enterrent. Enfin moi c'est comme ça que je me sens : une taupe. Une taupe qui voit tout, mais une taupe. Seules quelques forces de la nature parviennent à surmonter *la* hantise. Je ne suis pas une force de la nature. Blondtell dit : arrête ton charme, tout Paris te qualifie à l'unisson d'héroïne. Tu réponds, gênée : il ne leur en faut pas beaucoup.

Blondtell sent bien que tu n'as pas envie de discuter, il t'appelle un néotaxi. Tu promets de revenir pour la poussière tout en n'étant pas sûre au fond de tenir parole. On verra au moment voulu. Tu montes dans la voiture et la radio est en train de diffuser une chanson d'Amy Whinehouse : « I cheated myself – like I knew – I would – I told you – I was troubled – you know that I'm no good ». Tu souris, hausses les épaules. En voilà une autre qui ne faisait pas semblant. Tu penses à ta petite opération cathartique, ça aurait été parfait, si Blondtell n'avait pas été si pressé, s'il avait été plus fin, si tu avais joui. Cette lacune te chiffonne. Tu n'es pas insatisfaite, juste un peu frustrée. C'est rarement que tu entreprends quelque chose, mais quand ça te pique, tu aimes que les choses soient bien faites. Tu peux encore rattraper ça. Tu ne veux pas rentrer chez toi, il faut continuer ta dérive au corps-à-corps. Jusqu'à ce qu'autre chose t'enlève. Tout est devenu jeu. Tu t'amuses avec le réel, faute de mieux. Tu te réincarnes n'importe comment. Tu te métamorphoses intarissablement. C'est la seule solution, puisque toute seule, tu te tortures l'esprit, empoisonnée par l'immobilité, tu butes en permanence contre des parois de verre. Et tu refuses d'appeler au secours. Toute seule tu ne tiens pas en place, depuis le début de cette histoire. La vérité qui dort sous elle, tu la connais, et puisque tu refuses de lui céder une place – de la reconnaître –, tu la profaneras. Tu ne peux pas rester seule. Les pensées lucides reviendraient. Change le cours de tes pensées. Sème ta lucidité aux quatre vents. Invente la prochaine étape vers l'aveuglement. Exagère ta confusion.

Tu envoies un message à ton amie Judith. A priori, elle est toujours libre et partante. Judith est une sublime dépressive aux cheveux blond platine, elle passe ses journées à fumer des joints et à boire de la tequila, à écrire des nouvelles érotiques en pyjama de soie et à recevoir ses nombreux amants, hommes et femmes, de tous âges, de toutes nationalités, de tous milieux sociaux. Elle aime aussi la drogue, sous toutes ses formes. Elle ne supporte pas d'être dehors le jour. Tu ne vas la voir que très rarement. Tu ne sais pas avoir d'amie proche. Judith est une onde de douceur. Judith est un dictame. Tu sais à cet instant que ce sont ses caresses qui t'apaiseront. Elle t'aime beaucoup. Isaac n'est pas là. Tu as besoin que l'on t'aime beaucoup. Et tu as besoin de t'escrimer à l'inconséquence, la débauche, l'errance. C'est peut-être un programme politique. Tu crois à l'imminence de la fin du monde. Tu contemples la vie, tu la bois tout entière. Qu'on ne vienne pas te traiter de glandeuse. La quiétude n'a rien à voir avec la quiétude. Octavio Paz disait que les seuls obscurantistes sont ceux qui ont la passion du progrès. Tu te tiens de son côté. Mieux vaut stagner dans l'excellence que progresser dans l'à-peu-près.

Tu butes sur la suite de ton récit, écrivant ceci sans savoir pourquoi, car c'est ce que tu tentes, progresser,

progresser dans ton récit. Il y a quelque chose qui cloche depuis quelques dizaines de pages. C'est la forme, elle est trop logique. Tu te forces. Tu te sens obligée de tout décrire dans l'ordre, de t'en remettre à l'autorité des détails – la seule autorité à laquelle tu aimes te soumettre –, et ça n'est pas faisable. Disons que ça n'est pas très réussi. Pas assez précis. Tu n'en ressens pas l'intérêt. C'est trop tard. L'instant est trop loin. Ça se sentira forcément à la lecture. Ce n'est pas comme au début, quand Isaac venait juste de disparaître et que tu écrivais comme une somnambule. L'écriture est une pensée soumise à l'énergie gravitationnelle. Elle n'est totale et pure qu'au moment de sa chute. Là ça n'est plus pareil. Tu t'es refroidie. C'est comme si tu devais relancer en l'air quelque chose qui a déjà atteint le sol une première fois. Ça n'est pas drôle, ça ne surprend pas. Ça sonne faux. Un rebondissement, ça ne peut pas se reproduire à l'identique. Rien d'ailleurs. Au lieu de te résigner à la gloire d'une vérité cachée sous cette impossibilité même d'écrire – puisque ce n'est plus le moment –, tu culpabilises. Tu te sens obligée de mettre fin à ce texte. Pourtant tu sais bien qu'il n'a pas de fin. On te reproche tout le temps d'être excessivement contradictoire. Tu entends ces reproches. Tu es vaguement tiraillée. Tu as fait un art de l'esquive, dans sa plus grande globalité. Tu fuis tout et tout le monde. Pourtant tu entends leurs appels, de temps en temps, tu souhaites y répondre. Leurs reproches t'atteignent. C'est comme si tu les avais abandonnés à leur sort. Comme si tu n'avais pas le droit de faire ce que tu fais. Te protéger. Peut-être as-tu un furieux désir de t'intégrer à cette masse qui te veut avec elle. Peut-être as-tu peur de la décevoir, cette créature qui te tourne autour. Tu crains qu'elle ne puisse pas te digérer, et qu'elle te vomisse dans les toilettes, en tirant la chasse d'eau, qu'elle te renvoie dans les égouts. Aussi, ayant pris conscience très tôt de cette éventualité plus que probable, tu as pris les devants. Ta « discrétion » te rend mystérieuse. C'est regrettable. Ça te donne l'air intelligent. Comme si tu avais quoi que ce soit d'intelligent à faire ou à dire. Tu ne peux faire que ce que tu sais : ausculter minutieusement le moindre de tes faits et gestes. Essayer d'en traduire le sens. Te rendre compte que le sens est intraduisible. Et donc te noyer. Te noyer dans les égouts de ta pensée. Et dans l'alcool. Parler tout en se noyant. Parler avec des gens de confiance. Parler avec des fous. Parler avec des *jetés*.

Tu te sens vaguement hideuse, à présent. Un peu fière aussi.

Continue. Tu allais voir Judith. Dans le néotaxi tu prends quelques notes dans ton cahier sur ce qu'il vient de se passer dans l'atelier de Blondtell – pas des phrases, mais des mots-clés. Tu n'as pas écrit une seule phrase complète dans tes carnets depuis qu'Isaac a disparu. Que de vagues impressions ivres. Tu lis aussi quelques pages relatant les pensées et les moments précédents. Ton écriture est devenue méconnaissable depuis deux semaines. Comme toi. Tu as lacéré les pages avec de gros caractères pleins de fureur, sans te soucier des lignes ni de l'économie du papier. Pourtant tu n'étais pas intoxiquée. Sur une page est écrit en gros « ultrasexuelle », avec une rapidité qui a fait du mot une espèce de dessin, un signe.

Ce n'est pas fini. il te faut encore accumuler quelques-uns de ces caprices nécessaires. Surjouer la dépossession de soi. Te souvenir que ton désir fait loi. Le ré-apprendre. Judith te répond : « Viens ! Je t'attends. » Tu demandes au chauffeur de changer de cap. Pendant quelques instants tu te retrouves dehors, dans ce quartier étranger à tout, la chaleur de l'air est insupportable, la lumière de début d'après-midi aveuglante, trop sèche. Mais la cour est humide. Tu croises ton reflet amaigri dans le miroir du hall d'entrée. Ton visage ressemble à une vanité. Tu gravis le vieil escalier de bois, frappes plutôt que d'utiliser la sonnette, et Judith t'ouvre ; elle porte une robe blanche très légère. Si légère et transparente qu'elle ne pourrait pas sortir avec. Sortir pour quoi faire ? Tu vois ses seins lourds pointer en dessous. Ses cheveux sont plus clairs qu'avant. Son haleine sent le gin. Elle a l'air très calme, presque indolent. L'appartement est baigné de lumière. Ses pieds nus font craquer le vieux parquet sous les tapis superposés. Une fenêtre donne sur une roseraie, une autre sur les tours du quartier d'affaires de la défense, estompées dans un sfumato post-moderne. Il n'y a aucun miroir. Tout est clair. Un peu nacré. Tu commences par lui raconter ce que tu viens de faire, et pourquoi. L'histoire d'Isaac l'horrifie et tes réactions l'amusent, elle dit : tu es un génie. Mince, je ne te savais pas si amoureuse. Ça a dû être très dur. Est-ce qu'il sait ce que tu es en train de faire ? Tu réponds : pas encore. Mais il devrait s'en douter. Tu lui dis que tu sens encore l'odeur de la peinture, du dissolvant, du latex. Tu lui demandes si elle veut bien t'aider à faire ta toilette. Judith comprend bien sûr. Elle te dit de t'allonger sur le divan du salon. Tu te déshabilles, tu gardes juste la culotte. Tu préfères que ce soit Judith qui l'enlève. Elle préférera aussi. Elle revient avec des serviettes, une bassine, un pot à eau en céramique vert-de-gris, du savon à l'huile d'amande, des onguents parfumés à l'essence de grenade. Elle te dit que tes beaux petits seins lui ont manqué. Tu frémis tout en feintant le flegme et réponds : les tiens aussi, ma belle. C'est toujours toi la plus virile, avec les femmes. Elle t'embrasse sur les paupières et te tend un grand joint d'herbe. Tu remarques un chaton tigré qui dort dans un coin de la pièce. Tu tires une grande bouffée sur le joint. Judith s'accroupit devant toi, plonge un gant dans la bassine d'eau fraîche, essuie ton front, ton cou, tes épaules, tes seins, tes jambes, ton sexe. Tu fumes tranquillement sans la regarder. Tu regardes ta chair s'hérisser au contact de l'eau. Elle te parle doucement de ses dernières aventures amoureuses, et des histoires qu'elle a écrites récemment. Elle dit qu'elle ne fait que cela, baiser et écrire ses histoires. Elle ne lit pas trop, elle dit qu'elle n'en a pas besoin pour faire ce qu'elle a besoin de faire. Ça t'intrigue. Vous évoquez aussi quelques amis en commun, ce qu'ils font, comment eux ils s'en sortent. Au moins tu ne te drogues pas. Elle prend tout son temps en te passant le savon sur le visage, le cou, le ventre, le sexe. Tu fais glisser la bretelle de sa robe pour ne voir qu'un sein, comme dans un tableau du Titien. Pendant qu'elle rince le savon, tu la regardes, fascinée par ses courbes de sablier, ses cuisses repliées, la cambrure de sa chute de reins, ses hanches sculptées, son sein comme un pétale de magnolia. Elle embrasse les petites pyramides brunes de tes seins mouillés, passe une serviette propre sur tout ton corps pour te sécher et étale une imperceptible couche d'huile sur ta peau. « Voilà, tu es une autre odeur à présent. » Tu la remercies. Vous vous embrassez, très, très longuement. C'est comme si vous n'étiez plus que deux langues. Tout le reste s'est évaporé. Tu caresses sa robe en contemplant son visage. On dirait une sainte, un portrait maniériste, où le sourire éclôt timidement après l'amertume d'un hiver passé et à venir, où le sourcil, par pudeur pour celui qui regarde, vient tout juste de se défroncer, où les yeux sont plissés comme un sourire, et la bouche sereine, mais l'éclat du pire est toujours présent dans les prunelles. Tu caches les yeux de Judith avec ta main pour ne voir que le sourire – le chaud, le feu – ; puis tu caches sa bouche pour ne voir que les yeux – le froid, l'eau. Cette harmonie des contraires t'émeut. La gravité dans les yeux, la volupté dans la bouche. Vous passez l'après-midi au lit. Les femmes ont moins d'empressement, elles savent ce que la lenteur recèle de puissant : les détails foisonnent dans l'exactitude, aucun moment n'est négligé, la jouissance parvient alors au comble du raffinement. Ses poils blonds t'hypnotisent. Les cheveux collés à sa nuque, à son front. Ses seins qui bougent de bas en haut comme d'étranges œufs souples tandis que tu frottes le haut de ta cuisse contre son sexe doux. Sa bouche qui s'ouvre sans émettre aucun son lorsque tu la fais jouir. Tu imagines Isaac en train de lécher les lèvres de Judith. Tu imagines que tu caresses ses cheveux adorés tandis qu'il suce son con. Que tu les regardes de près, lui parlant à lui dans l'oreille, lui disant précisément quoi faire, où, comment. C'est cela qui déclenche enfin l'orgasme. Tu es à la fois bien présente avec Judith et tout à fait ailleurs. Tu as invité un fantôme qu'elle ne pouvait pas voir, mais elle a senti sa présence, et cela l'a rendue moins offerte, plus pudique que d'habitude. Judith a compris ce que tu faisais. Elle a compris que tu ne venais pas pour elle. Elle t'a quand même donné tout cet amour, par simple amitié. La chaîne en or qu'elle porte autour du cou est enroulée sur les draps comme un aspic. Le chaton a sauté sur le lit et regarde le collier en agitant la queue, comme si c'était une proie, un reptile. C'est la dernière chose que tu vois avant de refermer la porte de chez elle.

Tu rentres chez toi à pied. Tu écoutes au casque les caprices de Dynam-Victor Fumet. *Allegro furioso.* Le soleil est passé derrière les verrières du grand palais. Ni Blondtell ni Judith, malgré la beauté de ces heures passées avec eux, la justesse de leurs gestes, ne t'ont calmée. Le dédoublement ne suffit plus. Dorénavant, seul Isaac t'apaise. Nulle fête sans lui. Pas à pas, en direction de ton phare, tu t'enfonces un peu plus dans le désespoir. Tu as encore tout raté. La seule justesse que tu connaisses t'a planté un couteau dans le dos. Et il va falloir que tu la pardonnes, que tu lui fasses confiance à nouveau, ou que tu fasses comme si, en attendant le prochain coup. Rodolphe t'appelle, alors que tu montes les étages vers ton blockhaus. Rodolphe t'appelle alors que tu es au troisième étage, là où une tache de terre battue persiste depuis des années sur le tapis. Pour toi ça fait sens. Il te demande si tu veux dîner. Tu préfères ça à ce qui t'attend là-haut. Tu tournes les talons vers cette nouvelle diversion qui s'offre. Au restaurant vous reparlez d'abord, comme c'est devenu la tradition, de lorsque vous vous êtes connus, vieux enfants, presque adolescents. Vous avez tout découvert ensemble. Parfois vous vous battiez.

Une nuit, il a failli te tuer. Après ça c'était fini. Le temps a passé et vous voilà amis. Quand on aime vraiment les gens, on ne les quitte pas totalement pour si peu. Tu lui racontes ton histoire. Il dit que tu es encore tombée sur ce que tu voulais : exactement ce qu'il ne fallait pas. Qui il ne fallait pas. Il te connaît bien. Tu dis au moins je suis intègre. Et puis il me rend plus forte. C'est la première fois que je non-désespère. Tu ne peux pas comprendre. Il lève les yeux au ciel. Il dit : inqualifiable. Quand est-ce que tu publies un bouquin ? Pourquoi tu n'es pas devenue artiste, avec tous ces gens que tu connais en plus ? Tu passes encore ta vie à te foutre en l'air, c'est même de pire en pire. Tu es un vrai gâchis Vivianne. Tu le sais, tu le fais exprès. Je t'ai toujours connue comme ça. Ce n'est pas ta faute tu sais, c'est à cause de tes parents. On ne va pas encore avoir cette discussion Rodolphe. Il te raconte sa vie bien réglée, bien comme il faut, ordinaire. Il s'ennuie. Il s'est toujours ennuyé. Sauf avec toi. Vous avez bu tous les cocktails de la carte. Les gens vous regardent comme à l'époque. On vous demande si vous êtes frère et sœur. Vous commencez à parler de vos aventures sexuelles passées. Tu l'emmenais dans les clubs. Ou c'était son idée ? Vous étiez deux gamins fous à lier. Vous faisiez l'amour partout, tout le temps. Tu lui confies que tu n'avais plus jamais connu ça après lui, que tu pensais que ça n'arrivait qu'une fois, quand on était gosse, et qu'après c'était fini, on se contrôlait. Mais tu as rencontré Isaac, et c'est encore mieux. Mais c'est peut-être fini, tu ne sais pas, il paraît que tu devrais arrêter, il paraît que ce qu'il a fait est impardonnable. Tu sais que c'est dangereux d'être avec lui. Qu'il te fera encore souffrir. Tu ne veux pas y penser. Bois. Il est minuit passé quand Rodolphe et toi sortez du restaurant, vous allez danser dans ce club grotesque à côté du Café de Flore. Vous dansez comme des fous sur des tubes de Daft Punk, de Prince et des Dire Straits. On se croirait au bal des pompiers de Saint-Nectaire. Il y a Frédéric Beigbeder. Rodolphe t'embrasse. Tu te laisses faire. Tu connais son corps par cœur. Il est un peu plus épais. Il était si maigre quand il avait dix-sept ans. Il t'a donné envie. Tu le prends par la main et l'emmènes hors de la piste de danse, dans le noir vous montez des escaliers en colimaçon, tu le tiens par la main. Tu sens que ça lui plaît, cette obscurité, cette main. La sienne t'envoie de délicates ondes électriques. Vous passez sous une corde rouge qui indique que l'accès à ces salles est interdit. Personne ne vous a vus. La musique d'en bas est ouatée. Tout est noir. Cette fois, ça ne ratera pas. Ce sera comme dans le passé. Ce sera hors du temps. Comme le présent avec Isaac. Tu disparaîtras un instant et demain, ta vie te sera rendue. Rodolphe enlève ta robe, se tient derrière ton dos et passe ses bras autour de toi pour caresser le sexe et les seins. Tu as l'impression d'être une harpe. Il te fait jouir dix fois peut-être. Il est devenu moins beaucoup moins maladroit. Tu susurres, puis tu cries le nom d'Isaac. Tu le répètes inlassablement. Ça ne l'empêche pas de continuer. Tu pleures maintenant. C'est trop. Tu dis que tu veux rentrer chez toi. Ivre, mais pas morte, tu remontes le boulevard en zigzag en chantant une chanson de Barbara, le Soleil noir. *« Et j'ai tout essayé – et vous pouvez me croire – je reviens fatiguée – et c'est le désespoir. »*

Titubant sur ton balcon en compagnie de la dernière cigarette, tu contemples les étoiles bues par un ciel bleu et jaune clair. Peut-être à la paille.

Mercredi midi. Qu'as-tu fait hier ? Que c'était lassant, que c'était informe. Ça n'aura servi à rien. As-tu cherché à te venger ? À l'oublier ? Il n'a peut-être jamais été plus présent que pendant ces étreintes autres. À passer le temps ? Toutes ces percussions d'altérités... ce fut une des plus longues journées de l'année. De rééquilibrer une espèce de balance abstraite de la trahison, de l'inanité et de l'absurde qui penchait trop de son côté ? Peut-être bien. Tu essayes d'écrire un peu. Ça rate. Tu laisses comme ça. Tu regardes le plafond. Tu ne penses à rien. Isaac t'écrit. Il parle joliment, comme le vent. Il n'est pas revenu. Il n'est pas là. Il n'agite pas ses doigts. Ce torrent de phrases creuses te torture. Tu commences à boire dès quinze heures. Rien ne va plus. Tu te sens piégée. Tu appelles Arthur au secours. Tu lui dis que tu fais n'importe quoi, tu es devenue folle, enragée ; que tu sens que tu finiras par craquer, que tu vas faire une bêtise ; tu as besoin de lui parler, tu as besoin qu'il t'aide à comprendre, qu'il regarde avec toi, qu'il te conseille. Vous vous retrouverez ce soir à votre restaurant habituel. Cette perspective nouvelle te calme un peu. Tu reprends le séminaire de Lacan sur l'angoisse. Comme si tu n'avais rien de mieux à faire. À le lire, tout ce que tu as fait semble *normal*. Ou c'est toi qui ne comprends pas bien et qui interprètes comme ça t'arrange. Tu ne serais pas la première. Puis tu te dis que ce serait une bonne idée de relire Kant. Comme une bonne douche froide. Qu'est-ce que tu as dans la tête ? Kant et sa morale flanquent une raclée à ce qui te reste d'ego. Tu téléphones à Isaac. L'absence de sa voix, de son corps, de sa présence dans ton dos te brûle trop. Tu lui avoues. Tu ne lui dis pas encore ce que tu as fait hier. Il surcharge ses paroles d'une positivité malvenue, et comme grinçante. Mais tu savais à quoi t'en tenir, tu es la fiancée du pirate, dit-il. Quinze ans de démons derrière soi ne se volatilisent pas du jour au lendemain, qu'est-ce que tu croyais ? Voilà qu'il recommence, tu lui dis qu'il doit maintenant panser l'hécatombe, par des actions et des œuvres, car il t'a traînée dans le mazout, l'amoureux transi, et il doit maintenant t'en sortir. Tu lui parles de prendre ses responsabilités. C'est-à-dire que tu lui parles chinois. Isaac n'a de responsabilités que conceptuelles. Il promet quand même de se rattraper. Tu n'en crois pas un mot. Il t'attend au village dans trois jours. Tout ira bien maintenant. Il prendra soin de toi. Il te protègera. Pas un mot. La méfiance défait tout. Ce miel est toxique. Isaac dit je veux que tu saches tout. Il y a une autre lettre. Une autre lettre cachée sous le matelas de ton lit. Ton cœur se met à tambouriner tout d'un coup. Tu trouves la lettre, souffres un léger tressaillement, dis d'une voix glaciale que tu vas la lire tranquillement, et raccroches. Arthur t'a écrit pour te dire qu'il t'attend déjà au bar. Vous avez rendez-vous dans une demi-heure qui te semble un futur très lointain. Ton cœur bat à tout rompre. La petite écriture bleutée qui était dissimulée là, sous ton sommeil anxieux, depuis quinze jours, t'inspire une haine indicible. Comme si un ennemi, que tu croyais anéanti pour toujours au prix de combats et de sacrifices sanglants, était apparu, indemne, dans ta propre maison, pour t'asséner le coup fatal. Tu verses des larmes de nouveau. Isaac était devenu fou. Sa folie de persécution est si rationnelle, si argumentée. Sa douleur était bien réelle. Il a failli se tuer, *pour un livre, contre un système*. Pas n'importe lequel, bien sûr. Un livre de guerre. Il aime plus son travail que toi. Pourtant, il t'aime plus que quiconque, mais ça n'est rien, ça ne représente absolument rien, quelques êtres humains aimés, comparés à son travail, comparés à la passion qu'il défend. Ce n'est peut-être que cela, que tu ne peux accepter, malgré toute ta bonne volonté, depuis le début. Tu ne comprends pas comment il a pu songer à t'abandonner, abandonner ses amis, sa famille, son fils, pour une vision du monde. Tu sais qu'il avait dans un coin de sa tête misé sur son suicide pour rendre le livre plus vivant. Que sa mort prématurée, causée par le livre même et ses ennemis, l'aurait propulsé dans l'histoire. Quel crétin. Ça lui a traversé l'esprit, et cela t'écœure. Tu deviens folle de rage. Pendant que tu faisais tout pour l'aider, l'encourager à travailler, être stratège, bien agir pour que l'entreprise colossale parvienne à ses fins, lui écrivait *devant toi* une lettre d'adieu, échafaudait une stratégie facile, spectaculaire – pour ne pas dire racoleuse – afin d'assurer l'impact que sa philosophie – brillante, véridique, curatrice, certes – *devait* avoir. Tu dévales les escaliers en courant –

Arthur t'attend, mais tu n'es pas en retard – tu froisses la lettre de toutes tes forces dans tes mains, tu en fais un caillou. Tu es à présent certaine qu'Isaac te manipule, qu'il est pervers et sadique, point. N'aurait-il pas pu te cacher cette lettre, t'épargner, après tout ce que tu avais subi ? Pourquoi fallait-il qu'il te fasse aspirer encore un peu de venin ?

Tu remontes le boulevard à grandes enjambées, les yeux durs transperçant chaque atome, ton bras libre fendant démesurément l'air, comme une balançoire entraînée par un enfant extatique ; l'autre bras tenant le caillou, la lettre que tu déplies et relis par bribes, avant de la pétrifier de nouveau ; et, de temps en temps, passant devant les regards médusés sirotant leurs cocktails, allongeant leurs esprits sur les terrasses clinquantes, hors de toi, tu craches « quel con, mais quel con ! » Tu arrives à hauteur de ce bar cubain, la Rhumerie, qui ressemble à une cabane exotique envahie de pingouins. Tu n'es pas d'humeur. Tu repères Arthur facilement, il est le seul à sourire. Il semble calme comme au lendemain d'une noce éblouissante. C'est sa béatitude et sa confiance, son idiotie mychkinienne, que tu es venue rencontrer ce soir ; et tu voudrais qu'il te la transmette, qu'il te l'inocule, qu'il t'éclaire. Arthur rit à présent. Tu t'es assise là comme une furie, puis tu as émis un sifflement de rhinocéros. Il t'a apporté des livres. Un livre n'est pas un cadeau comme les autres. Te voilà distraite comme une enfant pendant un court instant. Arthur te demande ce que tu tiens dans la main. Tu lui racontes tout. Tu redis « quel con ! ». Tu vides ton sac. Tu voudrais tout oublier. Cesser de ressasser cette histoire. Tu te fatigues d'être aussi bête. Arthur dit qu'il est vain de vouloir oublier. Tu ne cesseras jamais d'y penser, il t'habite, dit-il. Le jugement d'Isaac est indécidable, son acte est *sans pourquoi*, il faut s'en remettre à l'ordalie – le jugement de Dieu, le jugement du fou. Jouer à pile ou face ? Une épée sous le soleil, et le rayon de lumière rend la sentence.

Il faut que tu te procures une épée.

Vous marchez silencieusement en direction du vieux restaurant, comme sur des fils, dans les ruelles désertes, vous vous tenez par la main, les bras tendus, vos corps éloignés, peut-être pour vous donner du courage, vous soutenir contre le déséquilibre. Vous ne vous regardez pas. Un moment sans pourquoi est un moment grave.

Au cours du dîner, vous n'avez que son nom, que son chemin, que sa folie, que son existence à la bouche. Vous parlez de lui comme d'un membre de la tribu qui se serait égaré et qu'il faudrait ramener à tout prix. Vous êtes durs avec lui, durs comme il l'a été, lui, mais vous ne l'abandonnerez pas. On n'abandonne pas un égaré. Encore moins un enfant désespéré. Pendant que vous instruisez son procès autour de deux assiettes de chou farci, Isaac t'écrit sans arrêt, sachant très probablement exactement ce qu'Arthur et toi êtes en train de dire de lui en son absence. Il demande pardon, envoie soudainement des salves d'explications. Ses SMS, mots sans ton, sans matière vivante, que peuvent-ils contre ta carapace d'incertitude ? À la fin de la soirée, tu regardes ton téléphone, il marque plusieurs appels en absence. Tu rappelles. Il est si rare que tu sois heureuse de téléphoner. Arthur est en train de faire semblant de draguer les serveurs, de leur faire des baise-mains, de les inviter à danser la valse. Il fait ce coup-là à chaque fois. Isaac est mort d'inquiétude au bout du fil. Il a dû sentir que la lettre sous le lit était le coup de trop. Il a dû sentir que tu étais à deux doigts de lui échapper. Ton cœur est froid, en vérité. La déception est un pur désastre. Pourtant tu ravales ta rancune, puisqu'elle ne sert à rien, qu'à l'affaiblir davantage ; ce qui est l'exact contraire de ce que tu veux faire, c'est-à-dire prendre soin de lui, éviter qu'il craque. Ce n'est vraiment pas le moment. Il y était presque. Tu dois bien choisir tes mots. Les mots font des miracles. Du moins, il arrive qu'ils fonctionnent mieux que les médicaments. Tu trouves ceux qui donnent la foi en soi, la croyance en l'amour, le courage de vivre. On ne les dit jamais trop. Il faut dire qu'on ne les trouve pas souvent, ou qu'ils se font de plus en plus rares.

Ce soir l'amitié et l'amour clignotent vertement autour de toi.

Ton ami t'a aidée à trouver le mot qui te manquait : indécidable. Trouver le mot qui manquait, c'est la béatitude.

La nuit, tu rêves d'une ancre dont la silhouette, bue par un brouillard vert d'eau, tangue sous les pulsations des vagues et des alizés. Quand elle caresse le sable, tu entends la mer respirer.

Jeudi, un vent inouï emporte tout dans son filet de bourrasques. Tu retrouves Edno à un grand coin désert, vos cheveux s'ébouriffent comme des algues sous-marines, l'épilepsie de l'air vous rend sourds. Tu manques de t'envoler. Vous marchez comme des mimes happés et repoussés par des forces invisibles. Vous trouvez ça marrant. Alors que les clients du restaurant au coin vont se mettre à l'abri dans les salles intérieures, vous décidez de déjeuner dans les courants d'air. C'est comme une tempête en mer ! Vous voici heureux et désespérés comme des enfants insulaires. Des mouchoirs blancs virevoltent autour de vous comme des lambeaux de spectres. Le vent passant à travers les feuilles des grands marronniers émet des murmures stupéfiants. Ils te réduisent au silence. Edno se tient à moins d'un mètre de toi, pourtant il est un peu flou. Il commence à te parler d'un peintre américain qui repasse une couche de peinture noire sur une toile, à chaque fois que les États-Unis font, selon les termes d'Edno, une saloperie. Très intéressant. Mais tu ne peux pas parler tu écoutes le vent. Tu dis à Edno que tu aimerais vraiment être seule au beau milieu de la mer ou de la montagne. Tu songes à partir dans trois jours, en fait. Même si tu n'as pas d'argent. Edno dit : « fais pas de conneries poulette. » Tu ne peux plus parler. C'est comme si tu étais tombée dans un trou de lassitude, que tu étais parvenue à une connaissance supérieure, où tu aurais enfin renoncé à tout, une bonne fois pour toutes. Une fois passé le filtre de ta rétine, les traits sans contours nets du visage d'Edno bougent au ralenti ; ses paroles, sa voix se distendent, elles se transforment en bruits de bois et d'eau, en notes de musique ouatées. Signes qu'il est grand temps de se réfugier dans ton silence, afin de te ré-accorder au monde, comme un prototype d'instrument clandestin et que seul son inventeur pourrait réparer. Pendant trois jours, pas un mot. Trois jours d'aphasie, de jeun et de suspension mentale. Les accumulations d'abjections débordantes ont fini par te paralyser complètement. La ville ; le travail ; la cohue ; les altérités nauséabondes ; les paroles vaines ; les informations ; les pleins et les vides ; l'omniprésence du larsen urbain ; les messages d'Isaac qui te donnent le sentiment qu'on essaye de te télécommander à distance. Tout agresse. Pendant tout ce temps, tu ne donnes aucune réponse à ses messages, ses appels. Tu n'en donnes à personne. Ne plus percevoir aucun signe, de rien. Tu débordes. Ta conscience fonctionne étrangement. Elle s'est comme rendue totalement inconnue à elle-même. Elle se repose. Elle ondule entre des épines molles, des lueurs liquides, des cascades de zéphyrs. Trois jours et trois nuits blanches avec une seule obsession en tête : partir pour ne plus rien connaître. Trois jours de froide haine du monde.

Puis, en l'espace de quelques heures, dans la nuit de samedi à dimanche, oppressée par la conviction inévitable que toute fuite constituerait un échec, une idée te percute. Par où commencer. Prenant conscience qu'il ne te restait que trois jours pour trancher, tu as d'abord eu une longue conversation avec toi même. Tu as d'abord résolu de t'échapper. Tu t'es même écrit une lettre. Tu l'as punaisée au-dessus de ton bureau en pleurant. C'était grotesque. Tu tentes de te persuader que tu n'as pas besoin d'Isaac, que tu n'as besoin de personne – et surtout pas de grand amour –, qu'il ne te veut que du mal, que la solitude et l'étude, la terre et l'air pur te suffisent. Tu t'exhortes à être digne, fière, implacable. Tu peux le quitter, Vivianne. Tu dois le faire. Tu y crois vraiment. Tu te fais ta petite scène. Tu te donnes des directives précises, draconiennes, pour ta future vie de célibataire solitaire, volage, endurcie, lente, studieuse. Tu envisages de disparaître, sans prévenir personne, pendant un mois, et traverser l'Atlantique sur un *cargo boat* – plutôt que d'aller retrouver ce salaud dans son trou perdu et le laisser te baratiner de nouveau. Ou peut-être, te réfugier dans un abri, avec des livres et un réchaud à gaz, en haute montagne. Tu es vraiment ridicule. Pendant trois jours – trois jours de canicule et d'orage –, tu te terres ainsi, fomentant le grand départ, ne parlant à personne, et surtout pas à lui. Tu te prépares à partir là où nul ne te trouvera. Tu sais que ton silence produit déjà son effet corrosif ; mais Isaac, las de te supplier de répondre à ses messages et appels, et las de cette situation humiliante dans laquelle tu le mets sciemment, retourne habilement ton chantage contre toi-même : « inutile de m'appeler, je ne répondrai pas ». La menace déclenche la fin de ton mutisme. Tu n'as jamais été très endurante à la guerre du silence. Et, lorsque tu es prise par surprise, c'est trop souvent que te laisses intimider. Subjuguer, dit Sun Tzu. Furieuse contre toi-même, tu sais que tu as perdu, véritablement horrifiée à l'idée de constater que ce qu'il dit s'avèrerait vrai, qu'il ne te parlerait plus jamais, tu réponds immédiatement. « Je ne me sens pas bien. Je n'ai pas envie de parler. Je suis fatiguée. » Le ton se radoucit. « Ne fais pas n'importe quoi s'il te plaît, ne gâche pas tout à ton tour, comme une loi du talion tordue. » Il a tout deviné, comme d'habitude. « Viens, prends le train lundi, prends ton billet maintenant, je veux savoir ton heure d'arrivée au village ce soir même. Viens, nous passerons un mois idyllique, tu verras, on va se retrouver, on réparera tout ». Réparer, plutôt que jeter. Ça ressemble à un principe bioéthique. Il est presque toujours pénible de prendre les bonnes décisions. Un beau geste dépend non seulement d'un don de soi, mais d'une puissance d'imagination considérable, de beaucoup de souplesse et d'inventivité intellectuelle, de talent artistique en somme. Se tenir toujours prêt à improviser. Il faut aimer l'aventure.

L'amour est une forme d'art ; aussi, ce genre de discipline ne s'adresse ni aux feignants ni aux lâches. Nous sommes plus ou moins tous des feignants et des lâches. Le choix qui s'impose à toi est le suivant : déserter ou combattre. On peut déserter par courage et combattre par lâcheté. On peut aussi faire l'inverse. Question de caractère. Tu hésites de nouveau. Tu n'as pas encore pris le billet de train. Tu n'as pas tout à fait décidé du chemin à emprunter. Quelque chose ne va pas, des deux côtés. Non. C'est une chose impossible, quitter quelqu'un qu'on aime à ce point. Impossible. Tout ça ne sont que des codes, et tout code a une clé. Vous ne pouvez pas ne pas vous aimer. Tu penses à Rousseau qui écrivait que l'on peut être trompé par sa raison, jamais par sa conscience. Ce qui ne veut pas dire que la conscience n'est pas obscure, inquiétante, toujours un peu étrangère. Imprévisible. C'est à cela que tu acceptes de te risquer ; l'imprévisibilité, l'inquiétude. Si tu étais ivre et honnête, tu déclarerais que c'est tout ce que tu aimes. S'il avait pu te trahir *à ce point* une fois, il recommencerait, aucun doute là-dessus, et il n'y avait rien à faire pour éviter ses convulsions démentes. Isaac serait toujours libre de tout défaire, de tout éblouir, de tout brûler, de tout détruire, lui compris, toi compris. Peux-tu revenir avec lui, sachant cela ? N'importe qui de normalement constitué ne le pourrait pas, tu en as bien conscience. Mais vous, vous n'êtes que des monstres. C'est littéralement que vous vous comprenez.

Une nuit de mai, entre une et cinq heures du matin dans une chambre sous les toits, le halo fracassant d'un mince rectangle blanc découpe nette l'obscurité et transforme ton visage en lune pas tout à fait pleine, prostrée ; il semble que vous, le rectangle, l'ovale, soyez en train d'entretenir un échange passionné, muet. Cette chaleur insensée a fait fondre tes stylos. Tu retrouves leurs traces de sang noir séché, sur la blancheur immaculée des lavabos, dans les poches de tes manteaux, dans les tiroirs du bureau. Les cartouches ont cédé sous l'air magmatique, elles ont fondu comme des bougies. Tu regrettes d'avoir manqué ces longues hémorragies bleu nuit. D'authentiques cascades se déversent entre les trains, et l'eau se magnifie tandis que la nuit l'épouse. Une Seine hystérique et historique encercle le Louvre. Un lanceur de couteaux monte dans une voiture. Un deputé parle dans le poste de radio : « notre majorité dirait que la nuit n'est que la continuation du jour, le jour la continuation de la nuit, pour nous la question du travail de nuit n'est pas un problème, mais une solution, car dans le monde moderne il peut faire jour la nuit et nuit le jour. » Tu as trouvé un vieux magazine sur un banc. Un homme est parvenu à extraire son corps de l'histoire. C'était un Russe. Un cosmonaute, envoyé par les Soviétiques dans l'espace ; à la dérive et coupé du monde durant plusieurs années, l'URSS était à l'état de fossile lorsqu'il revient sur la Terre. Sa ville natale, Leningrad, s'appelait dorénavant Saint-Pétersbourg. Tu te demandes à quoi ressemble la décomposition d'un œil. Combien de temps dure-t-elle ? L'iris et la pupille disparaissent-ils d'abord ? Le globe oculaire devient-il jaune, gris ? Ou bien blanchit-il ? Sèche-t-il comme une fleur ? Se transforme-t-il en nacre ? Tam-tams nègres, danses paysannes, mélopées orientales. Une impression troublante à propos d'un inconnu. Approche de nouveau l'une de ces étranges processions de phosphores. Tes genoux veulent danser, au rythme des intensités, des

durées, des hauteurs, des abîmes, des silences, des atroci-
tés, des épiphanies.

« *1 888 948 – 1 888 948 – 1 888 948 – 1 888 948 –*
1 888 948 – 1 888 948 – 1 888 948 – 1 888 948 – 1 888
948 – 1 888 948 – 1 888 948 – 1 888 948 – 1 888 948 –
1 888 948 – 1 888 948 – 1 888 948 – 1 888 948 – 1 88
8 948 – 1 888 948 – 1 888 948 – 1 888 948 – 1 888 948
– 1 888 948 – 1 888 948 – 1 888 948 – 1 888 948 – 1 8
88 948 – 1 888 948 – 1 888 948 – 1 888 948 – 1 888 94
8 – 1 888 948 – 1 888 948 – 1 888 948 – 1 888 948 – 1
888 948 – 1 888 948 – 1 888 948 – 1 888 948 – 1 888
948 – 1 888 948 – 1 888 948 – 1 888 948 – 1 888 94 – 1
888 948 – 1 888 948 – 1 888 948 – 1 888 948 – 1 888
948 – 1 888 948 – 1 888 948 – 1 888 948 – 1 888 948 – 1
888 948 – 1 888 948 – 1 888 948 – 1 888 948 – 1 888
948 – 1 888 948 – 1 888 948 – 1 888 948 – 1 888 948 –
1 888 948 – 1 888 948 – 1 888 948 – 1 888 948 – 1 888
948 – 1 888 948 – 1 888 948 – 1 888 948 – 1 888 948. »

© DIAPHANES

PARIS-BERLIN-ZURICH 2021

ISBN 978-2-88928-069-8

All rights reserved

Couverture :

MARKO VELK, *DARK WATER*, 2014

CHARBON SUR PAPIER, 160 X 125CM

IMPRIMÉ EN ALLEMAGNE

MISE EN PAGE : 2EDIT, ZURICH

WWW.DIAPHANES.FR